PHILIPPA L. ANDERSSON

In deinen Armen

Buch

Sobald seine Lippen auf ihre trafen, vergaß sie jeglichen Einwand. Genau genommen vergaß sie sogar, wo sie war, wer alles um sie herum stand und welche Aufgabe sie eigentlich zu erfüllen hatte. Sein Rücken, seine Schultern, sein Nacken, fühlten sich sexy an. Ihre Finger fuhren sehnsüchtig in seine Haare und die Wärme zwischen ihren Beinen und das Kribbeln auf ihrer Haut wusste sie sehr wohl zu deuten. Ihr Körper machte einfach, was er wollte und sie ließ ihn gewähren, ungewiss, wann es wieder so einen Moment geben würde.

Verdammt! Als Emma Foresta zur Hochzeit ihrer besten Freundin Diana eingeladen wird, rechnet sie mit allem, nur nicht damit, dass sie ihrem Erzfeind aus Jugendzeiten über den Weg läuft: Mario Torriani, den Bruder der Braut. Noch weniger erwartet sie, dass sie sich plötzlich nach dem Mann, der sie ihr halbes Leben lang gehänselt und aufgezogen hat, verzehrt, wie nach der Luft zum Atmen. Emma traut sich selbst nicht mehr über den Weg. Steigt ihr die Hochzeit zu Kopf? Was ist in sie gefahren? Oder kann es sein, dass sich Mario nach all den Jahren tatsächlich geändert hat und ihr Traummann zum Greifen nah ist? Ihr Körper vertraut ihm merkwürdigerweise, während ihr Verstand rebelliert. Aber manchmal findet man die große Liebe ausgerechnet zu einer Zeit und an einem Ort, wo man sie am wenigsten erwarten würde …

Autorin

Seit Philippa L. Andersson 2012 begonnen hat erotische Romantik zu veröffentlichen, ist sie regelmäßig in den Erotik-Bestsellerlisten mit ihren Kurz-romanen vertreten. Seit ihrer Jugend schreibt sie Romane und Geschichten. Sie lebt und arbeitet in Berlin. Mit der Buchveröffentlichung wird ein Traum wahr.

EBENFALLS ERHÄLTLICH:

Das letzte Mal (eBook)
Im 7. Himmel (eBook)
Eine besondere Behandlung – Lara & Dr. Ben 1 (eBook)
Lovely Dancing – Folge deinem Herzen! (eBook)
Eine ungewöhnliche Behandlung – Lara & Dr. Ben 2 (eBook)

PHILIPPA L. ANDERSSON

In deinen Armen

Liebesroman

Originalausgabe 06/2013

Umschlagmotiv: http://deutsch.istockphoto.com
Umschlaggestaltung: Philippa L. Andersson

Printed by Create Space
ISBN-13: 978-1490512723
ISBN-10: 1490512721

www.facebook.com/PhilippaLAndersson

Alle eure Dinge
lasst in der Liebe
geschehen!

(1. Korinther 16,14)

1

1997

»Wir werden sterben!«, jammerte Diana und klammerte sich fester an ihre beste Freundin Emma. Blitz und Donner verwandelten die beiden dreizehnjährigen Teenager wieder in zwei kleine Mädchen. Sie waren bis auf die Knochen durchweicht und zitterten. Außerdem hatten sie sich verirrt.

»Ganz bestimmt nicht!«, schnaubte Emma und streckte ihre Schultern. Wenn ihre beste Freundin die Rolle des Angsthasen spielte, dann musste sie stark bleiben. Was war schon so ein bisschen Donner! »Hier entlang!«, befahl sie. Sie mussten entweder einen Unterschlupf finden, oder aus dem Waldstück so schnell wie möglich heraus kommen.

Wie sie dann nach Hause kommen würden, könnten sie sich dann immer noch überlegen.

Atemlos irrten sie weiter durch dieses dunkle Niemandsland. Bis Emma ungläubig blinzelte und stoppte. Ein weiterer Blitz erhellte den Wald für Sekunden taghell. Vor ihnen war ein Bretterverschlag aufgetaucht, eine unbewohnte Hütte mit eingefallenem Dach, aber unter diesen Umständen kam sich Emma vor, als hätte sie das Paradies auf Erden entdeckt. Das war es, wonach sie gesucht hatte: Sicherheit.

»Ahhh!« Wieder kreischte Diana neben ihr. Dann entdeckte auch sie die Hütte. Sie löste sich von Emma und stolperte mit plötzlich neuer Kraft auf die rettende Insel zu.

»Nicht so schnell!« Emmas Warnung kam zu spät. Diana rutschte auf dem durchweichten Boden aus und fiel der Länge nach hin. »Komm schon, Diana, steh auf! Es ist nicht mehr weit.«

Diana schüttelte den Kopf. Fehlte ihr etwas? Außer warmer Kleidung und vielleicht etwas zum Essen?

Emma kniete sich neben sie. »Mach schon, Diana! Das schaffst du locker!« Sie griff ihr unter die Arme, doch Diana weigerte sich mitzumachen. »Oder willst du hier draußen übernachten?« Langsam wurde Emma sauer. Die ersten Regentropfen hatten sich nach dem heißen Sommertag kühlend auf ihrer Haut angefühlt. Eigentlich mochte sie Gewitter, die Energie, die Luft, die Geräusche, den Wind. Mittlerweile jedoch war sie komplett durchnässt und sie fror ganz furchtbar. Ihre Sachen standen vor Dreck und das einzig Gute war, dass ihre wilde, rote Lockenmähne dem Regen nicht standgehalten hatte und ihre Haare nun nass und schwer nach unten fielen. In der Dunkelheit versuchte sie zu erkennen, was Diana fehlte und ignorierte ihren eigenen schmerzenden Arm. Irgendetwas musste sie getroffen haben. Aber sie durfte jetzt nicht verzagen, sie musste positiv denken! Und es wäre verdammt noch mal leichter, wenn sie ein Dach über dem Kopf hätte und Diana endlich einmal auf sie hören würde.

Wieder schlug ein Blitz ein. Dieses Mal so nah, dass Emma zusammenzuckte und erschrocken ihrem eigenen Atem lauschte. Nebel stieg immer dichter über dem Boden auf und verwandelte die Umgebung in eine unheimliche Landschaft. Für einen kurzen Augenblick schloss sie die Augen. Sie durfte nicht auch noch panisch werden. Sie mussten nur zu der verlassenen Hütte. Wenige Meter. Kinderleicht für jede Dreijährige und sie war ja schon Dreizehn. Na also! Entschlossen öffnete sie wieder ihre Augen und hielt den Atem an. Gegen den Regen machte sie plötzlich wie aus dem Nichts eine dunkle Gestalt aus. Das Blut rauschte ihr in den

Adern. »Sei still!«, murmelte sie Diana zu. Im Schutz der Nacht bewegte sich jemand anderes und Emmas Herz raste. Suchtrupps hätten doch Taschenlampen und würden nicht alleine gehen. Das war nicht gut. Intuitiv schob sie sich schützend vor Diana und tastete blind auf dem Boden nach einem geeigneten Stein, um sich zu wehren. Den Fremden ließ sie dabei nicht aus den Augen. Sie bekam einen Brocken im Matsch zu fassen und umschloss ihre einzige Waffe fester.

Der Fremde entdeckte beide Mädchen, er stockte, verharrte kurz. Irgendetwas an ihm kam Emma dunkel bekannt vor. Dann kam er zielstrebig näher. Emma verlor keine Zeit zu prüfen, wer er war. Mit aller Kraft schleuderte sie den Stein gegen ihren Angreifer.

Der Mann vor ihr stöhnte überrascht, ließ sich jedoch nicht aufhalten. »Emma Foresta, mach nur weiter so und handel dir noch mehr Ärger ein!«

Kein Blitz der Welt hätte Emmas Herz plötzlich so schnell schlagen lassen, wie diese Stimme. Unter der Regenkapuze funkelten zwei dunkelblaue Augen verärgert und zugleich amüsiert. Ein dunkler Tropfen, der nur Blut sein konnte, lief von der Augenbraue langsam über das bekannte Gesicht. Oh Mist, nun steckte Emma wirklich in der Klemme. Sie hatte Dianas Bruder Mario eine verpasst. Als würde das alleine nicht schlimm genug sein, spielte das Wetter nun völlig verrückt. Plötzlich einsetzender Hagel brachte Mario dazu, seine kleine Schwester hochzuheben und sie ohne weiteren Kommentar in die trockene Sicherheit der Hütte zu tragen. Emma wartete, unfähig sich von der Stelle zu rühren. Ihre Knie waren weich, ihre Hände zitterten und die eisigen Hagelkörner taten weh. Warum kam er sie nicht auch holen? Hatte er sie vergessen? Oder ging es Diana nicht gut? Sie schluckte und flüchtete sich zögerlich ebenfalls in die Hütte.

Marios Standpauke hielt dort noch an. »Ihr beide seid echt die schlimmsten zwei Rabauken auf der ganzen Welt! Wie konntet ihr nur alleine hier unterwegs sein! Wisst ihr nicht, was draußen alles passieren kann! Warum habt ihr nicht bemerkt, dass ein Unwetter aufzieht?! Es geschieht euch eigentlich ganz recht, dass ihr jetzt herumheult. Ich sollte euch beide übers Knie legen!«

Während Mario schimpfte, straften seine Taten die Worte allerdings Lügen. Sein Regencape lag auf dem Boden. Ohne auf Dianas gezierte Proteste einzugehen, zog er seiner kleinen Schwester erst die nassen Sachen aus, um ihr dann seinen Pullover über den Kopf zu stülpen. Sie schluchzte immer noch und seine Hände strichen besänftigend über ihre Arme und wärmend drückte er sie an sich.

Emma stand in der Tür und ihre Füße rührten sich nicht von der Stelle. Wie hypnotisiert verfolgte sie jeden Handgriff von Mario und fühlte, wie das Brennen auf ihrer Haut, das sie nicht verstand, zunahm. Seine ganze Konzentration lag auf dem blonden Engel vor ihm. Emma existierte nicht und das störte sie plötzlich ungemein. Wütend ballte sie ihre Fäuste. »Dann hau doch ab, Mario! Es hat dich keiner gebeten, hier den Retter zu spielen! Wir kommen schon alleine klar. Wir sind erwachsen! Spiel dich bloß nicht so auf!«

»Ich zeig dir gleich mal, wie ich mich aufspie–!« Mario hatte sich umgedreht. Die Standpauke galt eindeutig auch ihr und wenn sie noch nicht wusste, wie viel Mist beide Damen gebaut hatten, dann wurde es Zeit. Nun blieben ihm die Worte im Hals stecken. Emma sah blass aus und zitterte am ganzen Körper. Ihr nasses Sommerkleid ließ selbst im Dunkeln ihren Körper erkennen, der sich innerhalb der letzten Monate langsam zur Frau verwandelt hatte. Hüften deuteten sich an, ihre Brüste wölbten sich leicht und ihre Brustwarzen waren klein und hart. Ihre grünen Augen funkelten kämpferisch. Doch sie kaute unsicher auf ihrer Unterlippe herum. Mario fuhr sich durchs Haar und bemerkte irritiert, wie ihre Augen der Geste folgten. Mit ruhigen Bewegungen löste er sich von seiner Schwester.

»Mario Torriani, wehe du lässt uns hier allein verhungern. Das erzähl ich alles Mama!« Diana klammerte sich enger an Mario.

»Pscht, ist ja gut, Diana, alles ist in Ordnung, ich verrate euch nicht.« Beruhigend wiegte er seine kleine Schwester im Arm. Als könnte er sie jetzt alleine lassen, als würde er je zulassen, dass ihr etwas passierte! »Ich schau nur mal nach deiner besten Freundin, Baby. Ich geh nicht weg, versprochen.« Dieses Mal ließ Diana ihn gehen. Er stand auf und Emma löste sich in diesem Augenblick aus ihrer Starre. Ihre Augen funkelten wütend.

»Ich komm alleine klar.« Sie wandte sich ab und suchte sich selbst eine trockene Stelle. Blitze flackerten draußen und der Donner brachte den Boden zum Beben.

»Für eine Dreizehnjährige bist du ja ganz schön mutig.« Leise setzte sich Mario neben Emma und starrte ebenso in den Regen. Er sagte gar nichts und das musste sie wundern. Nach einer Weile drehte sie ihren Kopf und schaute ihn mit großen Augen an. Und was für Augen! In fünf Jahren würde sie allen Männern den Kopf damit verdrehen. Noch ahnte sie es nicht. Dazu diese süßen Sommersprossen und dann diese bezaubernden Lippen, die vor Kälte bebten. Mario ertappte sich dabei, wie er sie musterte, zum ersten Mal, seit er sie kannte, und wie er sie ebenfalls eng an sich drücken wollte, wie seine Schwester. Und doch anders, ganz anders. Er musste verrückt geworden sein! »Emma, du bist auch vollkommen nass.« Er seufzte. »Los, auch ausziehen!«

»Spinnst du!« Emma verschränkte demonstrativ ihre Arme vor der Brust und Mario konnte schwören, sie wurde rot.

»Emma?« Der Ton war warnend. »Das Kleid ist eh durchsichtig.« Nun zog sie ihre Knie ans Kinn. Das waren definitiv die falschen Worte.

»Tu, was er sagt!«, mischte sich Diana schläfrig ein. »Nicht, dass du krank wirst!«

Emma knurrte.

»Ich kuck auch nicht hin, versprochen.« So gut, wie es eben ging. Mario würde ihr alles erzählen, um sie aus dem nassen Fetzen herauszubekommen.

»Wehe!«, formten ihre Lippen als beinahe lautlose Warnung. Dann schloss er wie versprochen die Augen und überließ sich den Geräuschen der Nacht. Er hörte ihren keuchenden Atem, die schmatzenden Geräusche ihrer Schuhe, das Poltern, als sie sie auszog, das Tapsen ihrer nackten Füße auf dem Boden. Mit einem nassen Platsch landete ihr Kleid unten und ihr süßer Duft wirbelte zu ihm. Mario zog nun auch sein Shirt aus und fühlte blind Emmas Hand, die nach dem Stoff griff.

»Besser?«, fragte er sanft.

»Besser«, antwortete Emma so leise, dass er sie kaum über den Regen hinweg hörte. Er öffnete wieder seine Augen und nahm ihren Anblick in sich auf. Mit gesenktem Blick nickte sie und wickelte sich enger in den noch warmen Stoff. Dabei schonte sie ihren Arm. Hatte sie da was?

»Zeig mal her!« Dieses Mal lief sie nicht weg, als er nach ihr griff. Er fühlte die Kratzer auf ihrer Haut, aber sie waren zum Glück nicht tief. Und er spürte ihren stummen Blick auf sich. Tat er ihr weh? Fehlte ihr etwas? Ihre Haut fühlte sich kalt an unter seiner Berührung und er schloss Emma besorgt in seine Arme. Sie erstarrte kurz überrascht, dann legten sich unerwartet zwei kühle Hände um seinen Nacken. Aus einer kurzen Umarmung wurde mehr und er konnte sich nicht dazu bringen, sie loszulassen, nicht bis sie wenigstens aufhörte zu zittern. »Wir alle sollten versuchen ein bisschen zu schlafen.«

Mario hob Emma hoch. Er legte sich mit ihr zu seiner Schwester, die sich erschöpft an ihn kuschelte und einschlief. Emma war noch wach und ihr Herz raste direkt an seinem, obwohl sie sich nicht rührte.

»Schlaf, Sweetheart …« Marios Lippen platzierten einen Kuss auf Emmas Stirn.

Jetzt erst recht nicht! Emma hatte das unbestimmte Gefühl, ihm unter die Haut kriechen zu wollen. Das war natürlich total lächerlich, denn wer konnte das schon? Wie hypnotisiert fuhr ihr Finger über seine verletzte Augenbraue. Warmes Blut klebte zwischen ihren Fingerspitzen. Sein Atem streifte ihre Haut und seine dunklen Augen tasteten ihr Gesicht ab, dass es erneut glühte. Irgendetwas war gerade nicht normal und so faszinierend sie es auch fand, es machte ihr gleichzeitig Angst, weil sie spürte, dass es alles ändern könnte. »Lass mich los, Mario! Bitte.«

Marios Hände fuhren im Dunkeln über ihre Arme und Beine. »Dir ist ja immer noch ganz kalt!« Statt sie loszulassen, zog er sie seufzend enger an sich. »Versuch ein wenig zu schlafen, Emma!«

Aber wie sollte sie das, wenn etwas in ihr unter dieser Berührung erwachte? Wenn alles in ihr mehr wollte und sie keine Ahnung hatte, was ihr dieses Gefühl damit sagen wollte? Emma fühlte sich gänzlich anders, als wenn sie sich an ihre Eltern geschmiegt hatte. Diese Nähe beruhigte sie nicht, sondern ließ ihr Herz immer schneller schlagen und ihren Bauch komisch kribbeln. Das alles war so verwirrend!

Mit einem unwirschen Laut drehte sie sich auf die Seite. Sie wollte Mario nicht mehr sehen und wenn er sie schon nicht losließ, so brauchte sie etwas Abstand. Doch das Gegenteil passierte. Rücken an Bauch rückten sie noch näher zusammen. Marios Arm umschlang sie und lag wärmend um sie. Geborgen setzte sich die Müdigkeit allmählich durch und im Halbschlaf zog sie seine Hand näher vor die Brust. Das plötzlich folgende Zögern machte sie wieder schlagartig wach. Sie spürte, wie sein Körper angespannt in ihrem Rücken verharrte. Als würden sie beide auf etwas warten.

Donner grollte erneut und Emma zuckte zusammen und konnte sich ein Schniefen nicht verkneifen. Sie versuchte weiter still zu sein, aber Mario hatte es gehört. Sein Daumen strich über ihre Wange, so vorsichtig, als könnte sie zerbrechen. »Fass mich nicht an!«, flüsterte Emma und wunderte sich selbst über ihren unwirschen Ton.

Hinter ihr seufzte Mario leise. Sie spürte es an der Luft, die warm in ihren Nacken blies. »Du bist noch so jung, Emma. Du verstehst gar nichts von dem, was gerade passiert.«

Sofort wollte Emma protestieren. Sie war immerhin schon Dreizehn! Doch Marios Finger legte sich auf ihre Lippen und plötzlich brannten sie. Sie wollte ihren Mund öffnen und mit ihrer Zungenspitze den Finger berühren. Aber das gehörte sich doch nicht! Das hatte sie Erwachsene noch nie machen sehen.

»Vertrau mir, Emma. Versuch zu schlafen. Bitte.« Marios Lippen flüsterten jedes Wort leise in ihr Ohr und Emma verstand, dass sie kurz davor war, eines der Geheimnisse der Erwachsenenwelt zu lösen. Es fühlte sich gut an und beruhigte sie plötzlich. Die Aufregung der letzten Minuten ebbte langsam ab und sie spürte die Müdigkeit bleischwer in ihren Knochen.

»Okay«, flüsterte sie. Aber nach meinen Regeln, ergänzte sie trotzig im Stillen. Langsam verschränkte sie ihre Finger mit seinen und zog seine Hand dahin, wo sie sie schon die ganze Zeit haben wollte, näher an sich, an ihre Brust. Sie schmiegte sich egoistisch enger an Mario und deckte sich mit seinem Körper zu. Was auch immer das war, sie wollte es und sie spürte daran, wie Marios Arm sie nun doch an sich drückte und er seinen Kopf an ihren hielt, dass er es auch spürte und es nicht halb so falsch sein konnte, wie er ihr weis machen wollte.

Das Gewitter ebbte langsam ab und während nur noch der Regen gleichmäßig auf das Dach tropfte, schlief Emma ein, unwissend, dass in dieser Nacht etwas ganz Besonderes geschehen war. Und der volljährige Mario ab diesem Augenblick alles unternehmen würde, um dieses kleine, dreizehnjährige Mädchen auf Abstand zu halten.

2

2012

»Du musst kommen, Emma! Bitte, bitte, bitte! Keine Ausrede auf der Welt lass ich gelten! Zu einer perfekten Hochzeit gehörst auch du.«

Monatelang hatte Diana Emma per Telefon belagert. Seit beide Freundinnen beruflich getrennte Wege eingeschlagen hatten, sprachen sie zwar weiterhin regelmäßig, sahen sich jedoch höchstens einmal im Jahr. Ein ganzer Ozean und unzählige Verpflichtungen trennten sie. Diana hatte in Italien Kunstgeschichte und Design studiert und ein eigenes Studio in Florenz eröffnet. Emma konnte ein Stipendium für das renommierte Massachussets Institut of Technology in den USA, kurz MIT, ergattern und war nach Amerika ausgewandert. Mit

Hartnäckigkeit und ziemlichem Glück schaffte sie es, sich danach im Silicon Valley zu etablieren – und das, obwohl sie nicht mit dem blond-braunhäutigen Kalifornien-Look sondern Sommersprossen und widerspenstigen, roten Haaren gesegnet war.

Vor gerade einmal vier Wochen hatte Emma endlich zugestimmt, nicht nur für drei Tage zur Hochzeit ihrer besten Freundin an die Adria zu reisen, sondern auch noch die erste Brautjungfer für Diana zu spielen – aufgrund der knappen Zeit ohne die sonst üblichen Verpflichtungen. Sie müsste sich nicht um den Brautschmuck kümmern, sie müsste keinen Junggesellinnenabschied organisieren, sie müsste einfach nur kommen. Okay, sie war überredet.

»Hier hat sich wirklich nichts verändert«, murmelte Emma und kurvte am Tag eins des Hochzeitswochenendes das letzte Stück Straße entlang. Die Gegend hatte ihren Zauber nicht verloren. Die weiße Sommervilla, wo sie früher ihre Ferien mit Diana verbracht hatte, thronte auf einer Felserhebung mit Blick auf die azurblaue Bucht, umsäumt von einem Blütenmeer aus Rosen, Oleander und Flieder und Terrassen voll wildem Wein. Es existierte also immer noch, das Stückchen Paradies auf Erden, mit dem sie so vieles verband.

Zum Anwesen von Dianas Familie gehörten

Ställe für Pferde und Sportplätze. Direkt am Haus schloss sich eine traumhaft schöne Poollandschaft mit verschiedenen Kanälen und Brücken an, die sich bis ins Untergeschoss des Hauses fortsetzte, so dass selbst im Winter, wenn das Meer zu rau stürmte, niemand aufs Schwimmen verzichten musste. Im Landhaus gab es mehrere Salons, die durch Flügeltüren verbunden waren. Bewirtet wurde das Haus von Maria und Alfonso, die ein kleines Cottage auf dem Besitz bewohnten.

Emma lächelte und streckte sich kurz. Endlich ein paar Tage frei. Oder zumindest ein Tapetenwechsel. Direkt Urlaub hatte sie nämlich nicht bekommen. Ihr Laptop lag auf dem Beifahrersitz und ihr Blackberry klemmte dazwischen. Der einzige Grund, warum gerade Ruhe herrschte, war die Zeitverschiebung. Wenn hier Vormittag war, so gingen in Kalifornien langsam die Lichter aus und der Arbeitstag war zuende.

Emma hielt in ihrem japanischen Kleinwagen, einem gut geflickten Toyota, der bei ihren Eltern auf ihre Rückkehr gewartet hatte, mit einem Knall vor der Toreinfahrt des Anwesens. Sie überreichte dem Wachmann wie selbstverständlich die Einladung, die sie mit goldenen Lettern als eine der Gäste der großen Hochzeit zwischen Diana und dem englischen Banker Philipp Weston auswies.

Die Security drehte und wendete ihre Einladung,

warf einen Blick auf sie und ihren Wagen und checkte schließlich die Gästeliste. Emma konnte sich ein Augenrollen nicht verkneifen. Die nahmen es hier aber ernst mit der Sicherheit.

»Papiere, bitte!«, verlangte der Wachmann nüchtern.

»Wie bitte?«

»Papiere!«, wiederholte er.

»Ich weiß verdammt genau, was Papiere sind. Warum wollen Sie die auch noch sehen? Ich habe eine Einladung. Oder steht mein Name etwa nicht auf der Liste?«

»Papiere, Signora. Bitte.« Er seufzte genervt.

Na großartig! Das Muskelpaket hatte anscheinend keinen anderen Satz beigebracht bekommen. Emma gab es auf, sich zu streiten und begann in ihrer Handtasche nach ihrem Portemonnaie zu suchen. Sie war nur froh, dass niemand hinter ihr wartete. Es wäre ihr zu peinlich gewesen, vor irgendjemandem der wohlhabenden Freunde und Familienmitglieder des Brautpaares ihre armselige Anwesenheit ausweisen zu müssen.

Emma kramte weiter in ihrer Tasche. Mit einem Seufzen stellte sie schließlich den Motor ganz ab und hoffte, dass die alte Kiste nachher wieder anspringen würde. Sie schüttete frustriert den Tascheninhalt in ihren Sitz und begann in den Utensilien nach ihrem Ausweis zu wühlen.

»Ha!« Na endlich. Unter Lippenstiften, Parfum, Zeitschriften und Deo war sie fündig geworden. Triumphierend hielt sie dem Wachmann die Papiere unter die Nase und sah dankbar, dass erst jetzt ein weiterer Wagen vorgefahren kam, und nun wie selbstverständlich wartete. Ein Ferrari. War ja klar!

Mario Torriani kam knapp hinter einer alten Blechmühle zum Stehen. Auf der Fahrerseite hantierte ein rothaariger Lockenkopf und sein Herz schlug schneller. Leider bekam er keine bessere Sicht. Was er jedoch sah, waren ein knackiger Po in zu knappen Shorts – zumindest zu knapp für seine spießige Familie – und daraus schaute ein Paar endlos langer, makelloser Beine, die in pinkfarbenen Sneakers steckten. Je nachdem, wie sich die Frau bewegte, spannten sich ihre Muskeln an. Sehr sexy. Und die Dame hatte offensichtlich genau das gleiche Ziel wie er, die Hochzeit seiner Schwester mit dem Banker Philipp. Sein Handy klingelte, doch er schaltete es ab. Ein Lächeln trat in sein Gesicht. Er und der Wachmann zwinkerten sich verschwörerisch zu.

Nach einigen Momenten krabbelte die Frau rückwärts aus der Blechmühle und Mario verfolgte mit Spannung, wie ihr Körper Zentimeter für Zentimeter auftauchte. Erst sah er ein Stück flachen Bauchs aufblitzen, dann ein blauweiß-gestreiftes

Poloshirt, ihren vollen Busen, ihren Nacken, ihre Berge an rotem Haar und schließlich ihren Kopf, leicht errötet vom Wühlen. Zwischen ihren Lippen hatte sie die Papiere gehalten, die sie nun mit einem unwirschen Knurren und funkelnden Augen nahm und dem Wachmann kommentarlos in die Hand drückte. Marios zog scharf die Luft ein, als er die Dame erkannte. Emma Foresta. Er tastete mit seinen Augen erneut jeden Zentimeter ihres Körpers ab. Sie sah großartiger aus, als er sie in Erinnerung hatte. An diese Beine konnte er sich zumindest nicht erinnern. Nicht, dass sie gewachsen war, nur hatte sie sie bekanntlich nie so zur Schau gestellt. Ihre Haare waren unglaublich lang geworden und wirbelten sexy durch die Luft. Den Teenager hatte er noch meiden können, oder bei den wenigen Konfrontationen necken. Die Frau vor ihm raubte ihm den Atem und käme ihm nicht so leicht davon. Er spürte das Verlangen, ihr durch die Haare zu streichen und diese vollen Lippen, die sie sich ständig beleckte, endlich einmal zu schmecken.

Mario lächelte, als er sah, wie Pedro bei Nicht-Familienmitgliedern zu Part zwei der Eingangskontrolle überging, dem Body Check. Ganz helle konnte der Wachmann allerdings nicht sein. Nach welchen Waffen suchte er und bitteschön wo sollten sie in diesem Outfit versteckt sein, fragte sich Mario und stieg aus.

»Pedro, ich kläre das.« Mit einem Zwinkern zu Pedro übernahm er den Job. Dafür würde er in der Hölle schmoren, gestand er sich selbst lachend. Aber das wäre es wert. Oh ja!

Je näher Mario kam, desto mehr merkte er, wie sie aufgrund der Prozedur bereits auf einhundertachtzig war und ihr Busen sich heftig hob und senkte. Wild wie eh und je. Behutsam legte er seine Hände auf ihre warmen Schultern und atmete tief ihren vertrauten Duft ein, der ihm seit Jahren nicht aus dem Kopf gegangen war. Ein feiner Schweißfilm überzog ihren Nacken und glitzerte verheißungsvoll. Seine Hände glitten über ihre Haut und die Anspannung verflog. Unter seinen Fingern entspannten sich ihre Schultern. Emma, Emma, Emma! Er schmunzelte. Sie genoss es doch nicht etwa? Oder hatte Amerika aus ihr ein leichtes Mädchen gemacht?

Mario dehnte den Bodycheck aus, strich über die glatte, weiche Haut ihrer Beine und folgte ihren weiblichen Kurven. Haarsträhnen ihrer roten Mähne fielen über seine Haut und er erlaubte sich zum ersten Mal, dieses Gefühl zu genießen. Seine Hände fassten tastend zwischen ihre Brüste und Emma zog schneidend die Luft ein. Seine Finger brannten von der Berührung, umschlossen ihren vollen Busen jedoch fester. Sie atmete aus und ein leises Stöhnen entwich ihr. Ärger schwang mit …

und Lust. Sein Daumen fuhr über ihre Spitzen, die unter der sanften Berührung verführerisch hart wurden. Er war ein Mann, sie eine Frau und manchmal waren die Dinge im Leben genau so einfach.

Langsam drehte Mario sie um, damit er ihr Gesicht beobachten konnte. Seine Hüften schmerzten und er trat noch näher. Während seine Hände ihren Rücken mit süßen Schauern überzogen, presste er sich hart an sie. Zur Antwort legte sie ihre schmalen Hände auf seine Schultern und Marios Verlangen nach ihr, das er all die Zeit zurückgehalten hatte, wurde mit einem Schlag vollends wach und schmerzte. Ihr voller Mund schnappte nach Luft. Ihre Augen waren genießerisch zu kleinen Schlitzen zusammen gekniffen und Jadegrün funkelten sie ihn verführerisch an und tasteten ebenfalls seinen Körper ab. Ihre Lippen öffneten sich einen Spalt, sie bog ihren Kopf leicht zurück und ihr heiserer Atem und die süßen, sehnsüchtigen Laute, die mit ihm mitschwangen, machten ihn richtig hart.

Dann klingelte ihr Telefon und sie zuckte zusammen.

Erde an Emma. Hatte sie den Verstand verloren?! Oder hatte sie zu lange in dem Auto ohne Klimaanlage gesessen und irgendeinen Dachschaden bekommen? Gerade als sie drauf und dran war, dem Wachmann einen Arschtritt zu verpassen, hatte sie plötzlich andere Hände gespürt. Sanfte Fingerkuppen, warme Haut, starke Arme. Sie hatte einen anderen Mann wahrgenommen und sein naher Geruch weckte plötzlich Erinnerungen und Ahnungen, die sie vergessen geglaubt hatte. Doch nun waren sie zurück, mit einer Heftigkeit, der sie erlegen war. Ihr Mund war sofort staubtrocken geworden. Normalerweise ließ sie sich nicht einfach auf offener Straße anfassen. Bei diesem Mann machte sie jedoch mit Freude eine Ausnahme. Seine Finger liebkosten unter dem Vorwand der Kontrolle jeden Zentimeter ihrer Haut und sie brauchte mehr. Ihre Brüste schmerzten, als er sie berührte, denn mehr noch als seine Finger, wollte sie seinen nassen Mund auf ihrem spüren. Sie verfolgte die langsam-erotischen Bewegungen seiner Hände auf ihrem Körper. Seit wann genügte nur einen Berührung, dass sie sich so stark zu jemandem hingezogen fühlte? Schon die gepflegten Hände brachten ihre Hormone aus dem Gleichgewicht. Der Fremde war außerdem eindeutig größer als sie und warf Schatten. Doch kalt wurde ihr nicht, im Gegenteil.

Bestimmt war er hässlich, machte Emma sich Mut und biss sich erregt auf ihre Unterlippe. Supermänner flogen in der Regel nicht auf sie, er musste einfach hässlich wie die Nacht sein, sonst wäre sie verloren.

Oh Gott! Er drehte sie um und belehrte sie eines Besseren. Ihr Mund klappte einfach auf, als sie denjenigen sah, zu dem diese Hände gehörten, die immer noch nicht von ihr abließen, allerdings jetzt nicht mehr nach Waffen und spitzen Gegenständen suchten, sondern ihre Haut liebkosten und sie näher an seine Erregung pressten. Das Brennen zwischen ihren Beinen wurde stärker und ihre Hüften bewegten sich leicht. Ungläubig legte sie ihre Hände auf seine Schultern, spürte die Muskeln und dass dieser Mann besser kein Traum war. Dafür wurde sie nämlich zu nass. Dunkelblaue Augen leuchteten verführerisch aus einem sonnengebräunten Gesicht. Seine dunkelblonden Haare lagen zerzaust und auf seinem Kinn und seinen Wangen standen kurze, sexy Bartstoppeln. Wenn er jetzt schon diesen verboten guten Out-of-Bed-Look hatte, wie würde er erst am Morgen danach schauen? Verschlungen mit ihrem Körper? Zu ihr gehörend? Emma biss sich auf die Lippen. Sein Blick registrierte es.

Emma stöhnte. Die Nasenflügel seiner exotischkantigen Nase bebten, als koste es ihn alle Mühe, sich nicht sofort auf sie zu stürzen, während in seinen Augen Lust und Begehren leuchteten. Seine männlichen Lippen lächelten wissend, als er mit seinem Daumen über ihre fuhr. Wieder entschlüpfte ihr ein zufriedenes Stöhnen, wie Emma überrascht registrierte. Sie stöhnte normalerweise nicht so leicht. Er zog sie noch näher zu sich. Seine Finger fuhren durch ihr Haar und süße Schauer verzauberten ihren Körper. Seine Hände auf ihrem Po schickten heißes Verlangen in ihren Schoß. Normalerweise hätte sie spätestens jetzt reißaus genommen, stattdessen schaute sie immer wieder zwischen diesen blauen Augen und den Lippen hin und her und merkte, wie sie sich ihre Lippen befeuchtete und nun ihre Hand weiter über diesen Zu-gut-um-wahr-zu-sein-Körper wandern ließ. Ja, ja, ja! Sie würden sich küssen! Sie spürte es am ganzen Körper und freute sich auch noch darauf! Denn dunkel in der hintersten Ecke ihres Kopfes, wusste sie, dass das etwas war, was sie schon immer wollte. Dass dies jemand war, den sie schon immer wollte.

Dann klingelte Emmas Handy. Sie hörte das Piepsen, und schlagartig wurde ihr klar, was gerade passierte, als hätte ihr jemand einen Eimer eiskaltes Wasser über den Kopf gegossen. Sie schüttelte sich, kam blitzschnell zu sich, machte sich los und suchte fluchtartig auf ihren Sitz nach ihrem Blackberry.

»Emma Foresta? … ja … ja natürlich bin ich online!« Sie begann hektisch im Auto zu wühlen und kramte ihren Laptop mit immer noch zitternden Fingern heraus. Nichts hätte sie schneller aus dieser Trance befreien und sie in die wirkliche Welt zurückbringen können, als ein Notfall-Anruf ihrer Firma. »Ja, ich krieg auch die Fehlermeldung!« Sie starrte auf den eingeschalteten Laptop und zog die Stirn in Falten. Der Fehler war beim letzten Programmstart, bevor sie in den Flieger gestiegen war, noch nicht aufgetaucht. Alles hatte reibungslos funktioniert! Sie begann zu schwitzen. Sie kaute auf ihrer Lippe herum und schlug wütend aufs Lenkrad. »Ja, ich kümmere mich darum … natürlich … bye, bye.« Soviel zur Zeitverschiebung und etwas Ruhe vor der Arbeit. Das hier war das wirkliche Leben. Emma legte auf und trat ihren Wagen. »Kack-Fuck!« Im Valley musste es Mitternacht sein und man hatte sie bestimmt erst jetzt angerufen, weil man geglaubt hat, den Fehler ohne sie beseitigen zu können. Nun dürfte sie sich trotz Jetlag um den Mist kümmern. Als wäre sie ausgeruht! Soviel zu einem schönen, verlängerten Wochenende. Sie wirbelte herum und stutzte. Dort stand der Mann, unter dessen Händen sie für einen Augenblick vergessen hatte, wer sie war. Und anscheinend hatte er sie die ganze Zeit beobachtet. Sie kniff die Augen zusammen. Und bei Verstand kam er ihr irgendwie dunkel bekannt vor.

»Was gibt es da zu glotzen?!«, fauchte Emma, merkte aber im gleichen Moment, wie ungerecht das war. »Kann ich nun durchfahren?« Sie wandte sich etwas freundlicher an den Wachmann und der nickte mit einem Seitenblick auf den anderen Mann. Großer Gott, er gehörte doch nicht etwa zur engen Familie? Dann steckte sie ganz schön in der Klemme. Ihr war nämlich immer noch an Stellen warm, an denen ihr dann nicht hätte warm werden dürfen.

Emma machte Anstalten weiter zu fahren, doch ihr Wagen sprang nicht an. Mario hörte das Stottern des Motors, doch nichts geschah. »Was hältst du davon, wenn du mit mir hochfährst und wir dann jemanden deinen Wagen abschleppen lassen?«

Mario lehnte sich zu ihr in den engen Innenraum und verfolgte einen weiteren fruchtlosen Startversuch. Emma schaute zurück zu seinem Ferrari und kniff ihre Augen zusammen – dieses Mal vorsichtig und auf der Hut. Auch gut, sie warf sich also nicht an jeden Kerl und schien eher über sich selbst verärgert. Stur wie eh und je versuchte sie es noch ein Mal und drehte den Schlüssel im Zündschloss. Nichts geschah. Natürlich nicht.

Mit einem Seufzen stimmte sie zu. »Aber wehe … du … das, was eben war …«

»Meine Hände sind am Lenkrad.« Mario lächelte so gewinnend wie möglich, obwohl er immer noch hart war.

»Also gut.« Emma raffte ihre wichtigsten Sachen zusammen. Mario setzte sich derweil in seinen Wagen und wartete geduldig. Im Schutz der abgedunkelten Scheiben beobachtete er sie ungeniert, bis sie in dieser sexy Shorts zu ihm kam und er ihr die Tür von innen aufmachte. Sie ließ sich mit dem Po zuerst in den Sitz fallen und ihre endlos langen Beine folgten.

Sein Puls beschleunigte sich. »Bereit?« Sie errötete leicht und Mario spürte wieder das Ziehen in seinen Lenden. Also startete er den Motor. Emma öffnete das Fenster und ihr bezaubernder Duft wirbelte in den Wagen. Ihre Haare leuchteten an den Spitzen durch die Sonne Kastanienrot und ihr Atem ging immer noch schnell. Diana hatte gar nicht erzählt, dass Emma auch zur Hochzeit kommen würde. Emma, die er seit Jahren nicht gesehen hatte. Emma, die er als Teenager gemieden hatte wie die Pest. Emma, die ihn vor fünfzehn Jahren mühelos verzaubert hatte und kein Mittel, oder in seinem Fall, keine Frau, konnte diese Nacht und dieses immer weiter schwelende Begehren in ihm auslöschen. Er hatte sie schon immer gewollt und nun würde er sich nicht besonnen zurückziehen. Sie waren erwachsen und dieses Mal musste er sie bekommen.

Nicht einmal fünf Minuten später hielten sie vor der Villa und Mario stieg aus. Diana kam ihnen aus dem Haus entgegen gewirbelt. Er packte sie grinsend. Nach ihm stieg Emma aus dem Wagen und Diana zog kurz fragend eine Augenbraue hoch.

»Schön, dass du es geschafft hast, Mario! Du kommst spät. Ich hatte dich schon gestern erwartet. Ich dachte, wir haben noch etwas mehr Zeit für uns.«

Mario schwieg dazu und umarmte seine Schwester. Aus den Augenwinkeln beobachtete er Emma. Ihre Gesichtszüge entgleisten. Anscheinend wurde ihr erst jetzt klar, wer sie gerade berührt hatte.

»Hi Diana, wie gut dass … dein Bruder … zur Stelle war!« Emma schluckte und umarmte seine Schwester mit einem gequälten Lächeln. »Wehe du sagst, was gerade passiert ist!«, zischte sie ihm zu, als er zurück zum Wagen schlenderte, um seine Sachen zu holen. Ihren warnenden Ton kannte er noch gut von früher und er grinste. Natürlich würde er es nicht sagen! Nur irgendwie hatte ihn dieser Ton schon immer dazu animiert, es nicht auf sich beruhen zu lassen. Erst recht nicht nach dem, was er soeben gespürt hatte. Mario bekam von seiner Schwester ebenfalls einen warnenden Blick zugeworfen. Was hatten nur alle? Er war nicht der Einzige, der eben noch so laut gestöhnt hatte! Er schnappte sich seine Taschen und verschwand gut gelaunt in der Villa.

3

Diana unterzog ihre beste Freundin einer gründlichen Inspektion. Emma biss sich auf ihre Lippen. Ihre Augen funkelten. Ihre Wangen waren gerötet. Und Mario war außer Hörweite. »Ihr habt euch nicht schon wieder gestritten oder?«

Emma fühlte sich ertappt. Am Liebsten würde sie das Weite suchen und Australien schien ihr gerade weit genug dafür. Doch sie wartete auf ihren Wagen. Egal, wie viele Jahre vergangen waren, manche Dinge vergaß man nicht. Das Katz-und-Maus-Spiel mit Mario Torriani gehörte dazu. Emma nuschelte etwas Unverständliches und atmete tief durch. Nein, so konnte man es eigentlich dieses Mal nicht nennen.

Emma beschloss auf den Treppenstufen zu warten und ihre Gedanken zu ordnen. Sie war

Wachs in seinen Händen gewesen. Und was für Hände das gewesen waren! Ihr war immer noch warm an Stellen, die es nach all dem Terz mit ihm nicht hätten sein dürfen. Und sie hatte ihn küssen wollen, dringend! Nicht Mario, sondern den Mann, der ihre Knie hatte butterweich werden lassen. Den Mann, der etwas in ihr erweckt hatte, was viel zu lange geschlummert hatte. Sie schüttelte sich unmerklich.

»Bitte Emma, ich will auf meiner Hochzeit keinen Streit, keine fliegenden Teller und vor allem eines nicht: keine Szene vor den anderen Gästen.«

»Okay.« Emma zog ihre Knie ans Kinn.

»Sag nicht einfach nur okay, versprich es mir!«, beharrte Diana.

Eher würde Emma versprechen, nie wieder Kaffee zu trinken. Das wäre zwar hart, aber einhaltbar. Das würden lange Tage werden. Sie seufzte und schaute Diana nach Worten suchend an. Dann nickte sie. »Natürlich! Versprochen, Diana. Deine Hochzeit wird toll werden.«

Diana setzte sich neben sie und nahm sie glücklich in den Arm. Emma fühlte sich mies. Diana war ihre einzige Verbündete gegen Mario, der sie jetzt nicht die Wahrheit sagen konnte. Ihr Verstand lief auf Hochtouren, um zu verstehen, was gerade geschehen war. Mario Torriani war hier? Warum überraschte sie das so? Natürlich war er das. Sie verdrehte wieder die Augen. Mario war ein Aufreißer, der noch dazu clever war. Das zog das andere Geschlecht wie Motten zum Licht an und mit Leichtigkeit wickelte er jede um den Finger. Damals wie anscheinend heute. Mit Diana hatte sie immer wieder Witze darüber gerissen. Und jetzt war sie selbst sein Opfer geworden.

Emma spürte Dianas prüfenden Blick auf sich, aber schwieg beharrlich. Frauenhelden kannte sie aus Amerika zur Genüge. Und normalerweise war sie ziemlich gut, sie zu erkennen und ihnen noch vor dem ersten Schritt eine Abfuhr zu erteilen. Mit Mario verband sie jedoch eine ganz besondere Historie. Dieser Kerl hatte sie jahrelang mit allem Möglichen aufgezogen: ihren Klamotten, ihrem Handy, ihren komischen Haaren und ihrer Zahnspange. Sie konnte tun, was sie wollte, er hatte immer einen Grund gefunden. Und nun plötzlich hatte er ihr sehr deutlich gezeigt, dass er scharf auf sie war. Seine Erregung, seine Hitze, sein heißer Atem. Auf ein Mal war sie nicht mehr das Ziel seines Spotts sondern sein neuestes Opfer. Warum?!

»Ich muss mir die Beine vertreten!« Emma löste sich von Diana und stand auf. Geduld gehörte nicht zu ihren Stärken und sie lief auf und ab. Obwohl so viele Jahre vergangen waren und sie nicht mehr das draufgängerische Mädchen von früher war, musste Mario sie mühelos erkannt haben. Schön für ihn!

Sie ihn jedoch nicht. Lässige Jeans mochte er schon damals getragen haben, aber das knitterfreie weiße Hemd hatte einen völlig anderen Menschen aus ihm gemacht. Seit wann sah Mario außerdem wie ein richtiger Mann aus? Woher kamen diese leicht definierten Muskeln? War er schon immer einen Kopf größer als sie gewesen? Und hatte er schon immer diese tollen blauen Augen gehabt? Sie musste damals ja ziemlich blind gewesen sein. In Gedanken versunken kickte sie einen Stein vom Weg.

»Hey, die Auffahrt kann nichts dafür!«, rief Diana.

»Sicher?«, lächelte Emma, doch die Leichtigkeit war nur vorgetäuscht. Am schlimmsten war, dass sie die Begegnung mit Mario genossen hatte, als hätte sie ihr ganzes Leben darauf gewartet. Emma spürte das Prickeln auf der Haut, als sie sich ihr Zusammentreffen wieder vor Augen rief. Sie hatte ja schon manches Date erlebt, aber noch nie hatte ihr Herz Luftsprünge gemacht und noch nie hatte sie jemanden so gewollt, wie Dianas Bruder vor fünf Minuten, als sie noch nicht wusste, dass er Dianas Bruder war. Seine Nähe, sein Geruch, es hatte sich so richtig angefühlt. So, wie sie es sich immer erträumt hatte. Bis sie erwachsen geworden war und eingesehen hatte, dass solche Begegnungen im wirklichen Leben nicht vorkamen – nur in Hollywood. Und jetzt das! Sie schüttelte sich. Bestimmt lag das nur daran, dass sie zu lange in dem kleinen, heißen Auto gefahren war und der Jetlag noch in ihren Knochen steckte. Oder daran, dass ihre eigene Beziehung zu ihrem amerikanischen Kollegen John in einer Krise steckte. Mario Torriani war ein Idiot und daran würde sich nichts ändern! An diesem Wochenende schon mal gar nicht! Entschlossen ballte Emma ihre Hände zu Fäusten, als endlich ihr Wagen die Einfahrt hochgezogen wurde.

»Ihr habt nicht zufällig eine Werkstatt in der Nähe?«, fragte Emma. Wie sollte sie sonst wieder wegkommen?

»Du willst doch wohl nicht auf meiner Hochzeit schmierige Mechaniker herumlaufen lassen!«, protestierte Diana entsetzt und musterte die Schrottkarre alles andere als begeistert.

»Okay, okay, ich lass mir was einfallen.« Emma kaute auf ihrer Lippe herum. Sie hatte schließlich ihren Laptop mitgenommen. Online müsste sich doch ganz schnell ein Pannenservice finden lassen, der nichts Besseres zu tun hatte, als auf einer Hochzeit ein Auto zu reparieren.

»Vielleicht kann ja einer der Männer mal schauen«, lenkte Diana ein und versuchte, Emma aufzuheitern.

»Sag bloß, dein zukünftiger Göttergatte kann nicht nur gut mit Geld umgehen, sondern ist auch Automechaniker?« Emma wurde gleich wieder munterer.

»Nein, aber mein Götterbruder kann das.«

Emma verdrehte die Augen. Das fehlte ihr noch: Marios muskulöser Körper unter ihrer Motorhaube.

»Ich weiß, was du denkst, Emma, aber Mario tüftelt gerne herum.« Diana fand ihre Idee von Mal zu Mal besser und das Grinsen in ihrem Gesicht verhieß nichts Gutes.

»Das letzte Mal, als ich ihn habe tüfteln sehen, hat die Sprinkleranlage den Garten gesprengt«, erinnerte Emma ihre beste Freundin. »Ich weiß nicht, ob ich dieses Schicksal auch meinem Auto wünsche.« Diana und Emma brachen beide so wie damals in schallendes Gelächter aus. Der Garten hatte einem Schlachtfeld geglichen. Umgepflügte Sträucher, zerstreuter englischer Rasen und mittendrin hatte Mario gestanden, der es nicht gewesen sein wollte.

»Denk darüber nach!«, meinte Diana.

Emma nickte und wischte sich Lachtränen aus den Augenwinkeln, dachte aber nicht im Traum daran. Sie schnappte sich all ihre Sachen. »Ich geh mich frisch machen! Bis gleich, Diana!«

4

Gut gelaunt schlenderte Diana in den Garten, der seit seiner Sprengung schöner war als je zuvor. Überall blühten Rosen und Oleander. Grillen zirpten. Unter Sonnensegeln entdeckte sie Philipp und Mario. Beide Männer unterhielten sich auf der Terrasse, schauten jedoch auf, als sie sie entdeckt hatten. Lächelnd und winkend schlenderte sie zu ihnen und setzte sich zu ihrem Göttergatten auf den Schoß. Nur ein Blick in seine Augen und sie vergaß für einen Moment, was sie überhaupt wollte. Sie küsste ihn lang und freute sich über seine vom Schatten kühle Haut. Die Lachfalten, die sie so liebte, bildeten sich rund um seine Augen. Und als er seine Arme um sie schloss, schmolz sie gänzlich dahin.

»Ich hab gehört, Emma ist gut angekommen.«

Diana lächelte mit einem Seitenblick zu Mario. »Gerade so. Ihr Wagen hat direkt vor unseren Toren den Geist aufgegeben und mein Bruderherz hat seine Lieblingserzfeindin zu uns gefahren.«

»Erzfeindin?«, fragte Philipp interessiert nach und musterte den Typen, mit dem er sich gerade noch so professionell über Entwicklungen am Finanzmarkt ausgetauscht hatte und der ihm ziemlich besonnen vorgekommen war.

»Lieblingserzfeindin«, korrigierte Diana ihn. »Die beiden ärgern sich, seit sie sich kennen. Und sie kennen sich schon sehr lange.«

»Was sich neckt, das liebt sich, oder?«, fragte Philipp und er und Diana schauten nun zu Mario, der breit grinste, sich aber nicht aus der Ruhe bringen ließ.

»Was ist los?« Diana schien das Grinsen misszuverstehen: »Mario, ich warne dich, wie ich auch schon Emma gewarnt habe, das ist meine Hochzeit und ich möchte nicht, dass hier irgendjemand eine Szene macht.«

»Natürlich«, sagte Mario, als wüsste er gar nicht, was los war und als gäbe es niemals Szenen, wenn er und Emma aufeinander trafen. Er stand auf und verschwand lachend im Haus. Es war wirklich warm und er wollte sich nochmal umziehen.

Philipp wurde mit Diana auf seinem Schoß heiß.

»Sei nicht so streng mit den beiden! Es wird schon nichts passieren.«

»Du kennst sie nicht, Darling. Sie sind wie Hund und Katze, Licht und Schatten, Feuer und Wasser. Wenn sie zusammen sind, knallt es garantiert.« Immer wenn sie damals gespielt hatten und Mario dazwischen gefunkt war, hatte es Geschrei und Gekeife und mehr als einmal auch Tränen gegeben. Dies war doch ihr Wochenende der Liebe und nicht des Leids!

Philipp lachte über die Erklärung und küsste ihr Ohrläppchen: »Ich habe da gerade etwas ganz Anderes gehört.« Er sagte es butterweich und Dianas Instinkte ließen sie aufhorchen.

»Von Mario?«, hakte sie nach.

»Nein, von Pedro, deinem Wachmann.«

Das klang interessant. »Weiter, Darling! Weiter!« Diana hörte mit einem Lächeln zu, als ihr Philipp erzählte, was sich am Eingang vor nur wenigen Minuten abgespielt hatte. Und Emma hatte scheinbar Mario nach all den Jahren nicht erkannt! Kein Wunder, dass sie geschaut hatte wie ein begossener Pudel. Diana küsste Philipp.

Dann zerschnitt ein Schrei die Luft. »Raus aus meinem Bad!« war durch die offenen Flügeltüren im ersten Stock bis auf die Terrasse zu hören.

Diana grinste zufrieden und kassierte dafür einen amüsierten Blick von Philipp. »Was denn? Wer sagt denn, dass man nicht mal etwas nachhelfen kann?«, verteidigte sie sich.

Philipp setzte seine zukünftige Braut aufrechter vor sich hin: »Du hast ihnen mit Absicht die Zimmer mit dem Bad in der Mitte gegeben?« Diana schaute ertappt zur Seite.

»Meine Liebe, du bist ja richtig berechnend!« Seine Augen funkelten erfreut über die soeben neu entdeckte Seite an seiner Braut.

Sie küssten sich erneut und hörten mehr Geschrei. So sehr Diana auch keinen Streit wollte, dieses Gekeife gefiel ihr außerordentlich gut. Sie fand schon immer, dass Mario und Emma eigentlich sehr gut zusammen passten. Als beide aus dem Wagen gestiegen waren, war ihr das wieder einmal klar geworden. Beide wollten es nur noch nicht wahrhaben. Aber das würde sich an diesem Wochenende ein- für allemal ändern. Und ihr für die nächsten Jahrzehnte ihren Seelenfrieden sichern. Sie lächelte zufrieden.

5

»Was heißt hier *dein* Bad? Das ist meines. Hier: meine Sachen, mein Bad!« Emma wickelte sich blitzschnell in eines der sündhaft teuren, flauschigen Handtücher und hielt die Enden fest um ihren Körper gekrallt, während sie auf Cremes, Make-up und Zahnbürste zeigte.

»Tja, was soll ich sagen: mein Zimmer, meine Tür zum Bad, mein Bad!« Marios Augen saugten jedes Stück nackter, ungeschminkter Haut auf, die mit Sommersprossen übersät war. Füße mit rot lackierten Zehen. Schlanke Beine. Ihr Hals, über den gerade ein Tropfen lief, über ihr Dekolleté floss und schließlich im Handtuch zwischen ihren Brüsten verschwand. »Aber vielleicht kann ich dir ja helfen?« Mario grinste breit.

Emma schluckte und obwohl sie frisch geduscht

hatte, wurde ihr wieder heiß. War es so offensichtlich, woran sie dachte? Mario trug nur eine Shorts und ihre verstohlenen Blicke zu seinem Körper mussten sie verraten haben. Es passierte schon wieder! Und dieses Mal hätte sie keine Ausrede.

»Ich bring Diana um!«, knirschte Emma mit den Zähnen und wartete immer noch darauf, dass Mario endlich gehen würde. Ihre Unterwäsche lag noch neben der Dusche und die hätte sie gerne unbeobachtet aufgehoben.

»Suchst du zum Beispiel das hier?« Mario schnappte sich ihren mit Spitze besetzten Slip, hielt den Stoff an seine Nase und seufzte.

»Lass das, das ist nicht lustig, Mario!«

»Ich weiß.« Seine Stimme klang rau und Emma wurde bewusst, dass sie sich beide beinahe nackt in einem Raum aufhielten. Ihr Atem stockte, als er zu ihr trat. Er packte ihre Hand und legte den Slip hinein. Scin Griff ließ nicht locker. »Ich werde nämlich schon wieder hart.«

Wie konnte Mario das einfach so sagen? Automatisch wanderten Emmas Augen zu seiner Shorts und der Beule im Schritt. Ihr Puls raste und ihr wurde schwindelig.

»Es wäre einfacher für mich, wenn du mich jetzt wegstoßen würdest.« Marios Tonfall war Warnung und Ermunterung zugleich. Seine Hand hielt immer noch ihre.

War er näher gekommen? Emma unterdrückte mit aller Kraft den Impuls, sich an ihm festzuklammern. Das war schon anstrengend genug. Seine Schultern waren in greifbarer Nähe. Sein Mund nur eine Bewegung von ihrem entfernt. »Mario, lass das!«

Zur Antwort lachte Mario gepresst: »Du stehst hier vor mir, mit deinen sexy Locken, deine Augen berühren mich schamlos, deine Zunge beleckt sich nun schon zum fünften Mal deine Lippen und du glaubst, dass *dieser* halbherzige Protest mich stoppen kann?«

Wenn er nur nicht er wäre! Ein Teil von Emma wollte Mario ihre Kosmetiktuben ins Gesicht schleudern und ein anderer Teil von ihr wollte jeden Zentimeter seines Gesichts küssen. So würde sie niemals die Hochzeit überstehen. »Darf ich mich zuende fertig machen … in *unserem* Bad?«

Mario musterte sie knirschend, vielleicht eine Spur enttäuscht. Aber wenn er glaubte, sie würde sich auf diese Gefühle einlassen, so hatte er sich geschnitten.

»Was?«, fauchte sie, als er immer noch nicht ging.

»Du bist doch fertig …«

»Ich brauch noch fünf Minuten.« Mario rührte sich nicht. »Allein«, fügte sie hinzu.

Endlich ließ Mario ihre Hand los. Was auch immer er noch sagen wollte, er verkniff es sich. Seine Finger stoppten einen weiteren Wassertropfen auf ihrem Dekolleté. Dann drehte er sich um und verschwand.

»Krieg dich ein!«, murmelte Emma und ihre Augen folgten Marios Rücken, bis er die Tür schloss und so ihre Sicht versperrte. Jetzt aber schnell, bevor er es sich anders überlegte. Eine weitere Begegnung würde sie momentan nicht überstehen. Sie föhnte sich in Rekordzeit ihre Haare, cremte sich ein, schnappte sich ihre schmutzigen Sachen, sprintete in ihr Zimmer und versperrte die Tür zum Bad mit klopfendem Herzen hinter sich. Sie setzte sich aufs Bett und starrte Richtung Bad. Nur eine Minute später waren erste Geräusche zu hören, dann die Dusche. Mario Torriani und sie trennten nur wenige Meter und diese Tür. Und er war nackt. Dieser Gedanke hatte etwas Verstörendes und zugleich Aufregendes.

6

»Diana, kann ich nicht ein anderes Zimmer haben!«, platzte Emma mit Laptop und Blackberry auf die Terrasse. Sie hatte sich ein anderes Träger-Top angezogen und ihre Flip Flops schlappten mit jedem Schritt auf den Marmorplatten. So fühlte sich Urlaub an! Beinahe … wenn sie noch diesen einen Haken loswerden würde: das mit Mario geteilte Bad.

»Die anderen Zimmer sind alle belegt, Emma. Die Planung steht schon seit Wochen.«

Emma machte es sich in einem der Korbsessel bequem. »Aber du weißt doch, dass ich und Mario uns nicht ausstehen können!«

»Meine Güte, Emma! Du sollst ihn ja nicht gleich heiraten, sondern nur das Bad mit ihm teilen. Apropos heiraten, wie läuft es eigentlich mit dir und John?«

Gute Frage, dachte sich Emma finster und kniff die Lippen zusammen. John war das letzte Thema, über das sie an diesem Wochenende reden wollte. Mittlerweile vereinbarten sie sogar Termine zum Frühstück! Von Zärtlichkeit oder Liebe brauchten sie gar nicht erst anfangen. John konnte seine Gefühle wie einen Regler hoch und runter drehen und gerade stand der auf *lautlos*. Mit freundlicher Unterstützung seiner aktuellen Affäre. Wahrscheinlich machte er nur nicht Schluss, weil Emma in Kalifornien ziemlich gute Kontakte pflegte, die ihm ebenfalls nützten. Und sie tat es nicht, aus Angst alleine zu sein. Kein besonders guter Grund. Das wusste sie selbst! Emma starrte finster in ihr Glas.

»Alles okay?«, fragte Diana besorgt nach. »Ich wusste ja nicht, dass …«

»Ist gut, Diana.« Emma nickte und klappte ihren Laptop auf. »Ich muss hier noch schnell was für die Arbeit erledigen. Ein Notfall.« So wand sie sich ziemlich dreist aus der Affäre. Denn nach dem, was mit Mario gerade geschehen war, war John auf Position Zwei der Männer, über die sie gerade nicht reden wollte.

Erneut rief Emma das fehlerhafte Programm auf und las sich Zeile für Zeile durch den Programmiercode. Während ihre Finger den Job beinahe automatisch erledigten, drifteten ihre Gedanken immer wieder ab zu John, der bestimmt in dieser Sekunde in ihrer gemeinsamen Wohnung mit einer anderen schlief. Es wäre nicht das erste Mal! Sie versuchte sich daran zu erinnern, was sie an ihm liebte und kam nicht darauf. Jedes Mal schoss ihr das Bild von Mario durch den Kopf, wie er in diesen coolen Shorts im Bad vor ihr gestanden hatte. Sie wollte seine blonden Haare mit ihren Händen durcheinander bringen. Die muskulösen Arme sollten sie halten, wie damals. Seine Finger sollten federleicht ihre Haut berühren. Eine feine Haarlinie verschwand von seinem Nabel abwärts in seiner Shorts, als würde sie sagen: Hier geht es lang, liebe Emma. Sie spürte, wie sie errötete.

»Hey Emma, ich wollte dich nicht bloß stellen. Ich dachte, du würdest John heiraten. Hatte er dir nicht sogar einen Antrag gemacht?«

Emma fühlte sich ertappt und wurde noch röter. Sie blinzelte und sah, dass ihre Finger bis auf den letzten Code wie automatisch ganze Arbeit auf dem Laptop geleistet hatten. Bis auf *❤*, das Zeichen für ein großes Herz, das dort nichts verloren hatte. Sie löschte den falschen Codeschnipsel schnell.

»Was ist?«, fragte Diana nach.

»Ja, hat er. Auf der zweiten ICSOB in Boston, einer Software-Konferenz. Wie romantisch!«, erklärte Emma gequält und verstand selbst nicht, warum ihr das plötzlich etwas ausmachte. John hatte sie auf der Abendveranstaltung bei einem Glas Wein gefragt und sie hatte zustimmend genickt. Dann waren sie aufs Hotelzimmer gegangen und hatten miteinander geschlafen. Bis heute Morgen hatte sie das für völlig okay gehalten und sich damit abgefunden, dass Fanfaren und Feuerwerk fehlten. Sie war schließlich erwachsen und wer bekam schon alles so im Leben, wie er es sich erträumte? Nachdenklich kaute sie wieder auf ihrer Lippe herum und linste zu Diana und Philipp. Sollte es nicht sein wie bei den beiden? Verlangende Blicke, zärtliche Berührungen … und die Fähigkeit, sich alles sagen zu können, ohne auch nur ein Wort über die Lippen zu bringen?

»Na Lockenkopf, das ist ja romantisch! Was kommt als nächstes? Der Antrittsbesuch bei seinen Eltern?« Mario tauchte umgezogen in Jeans und weißem Hemd gerade rechtzeitig auf, um den letzten Satz zu hören. Er zerstrubbelte im Vorbeigehen ihre nur mit Mühe gebändigte Mähne und musste natürlich seinen Kommentar auch noch abgeben. Emma schnappte verärgert nach Luft, während sich Diana und Philipp wissende Blicke zuwarfen.

»Hört, hört! Der Ehe-Experte meldet sich zu Wort! Reiß du nur deine Witze! Das geht dich gar nichts an!« Emma versuchte ihre Haare einigermaßen zu bändigen, was ihr ohne Spiegel mehr schlecht als recht gelang. Sie war sauer. Genau dieser Ausflug stand als nächstes auf dem Programm und weder John noch sie konnten sich dazu durchringen. Das sagte eigentlich schon alles.

»Wie? Kein Besuch bei den Eltern?«, überging Mario sie einfach und wirkte tatsächlich erstaunt. »Aber du bist ihnen schon mal begegnet?«

»Was willst du mir eigentlich sagen, Mario?« Emma hätte ihm am liebsten den Mund zugehalten. Wenn er nur Smalltalk betrieb, dann ging er definitiv zu weit. Sie versuchte ihn unter dem Tisch zu treten, aber verfehlte sein Schienbein knapp. Sie kannte Dianas und damit seine Eltern besser als die von John. Und mochte sie sogar. Doch mit Mario würde sie das nicht diskutieren.

»Du bist wirklich verlobt und meinst es ernst?«

»Was ist daran so schwer zu glauben?«

Marios Blick durchbohrte sie forschend. »Und wo ist euer Verlobungsring?«

Gab er noch nicht auf! Als wüsste sie es nicht selbst, starrte Emma auf ihre nackte Hand. Oh ja richtig, es gab keinen Ring. Und das ärgerte sie maßlos. Aber wer war sie, dass sie das vor den anderen zugeben würde? »John und ich, wir legen eben nicht so viel Wert auf das ganze Drumherum!«, verteidigte sie sich. Was ging es Mario an? Der sollte sich mal an die eigene Nase fassen! Sie verschanzte sich hinter ihrem Laptop. Leider war sie damit nicht aus der Diskussion entlassen.

»Aber Emma, so könnte ja jeder denken, du bist noch zu haben.«

Emma linste über ihren Bildschirm und Marios Verlangen traf sie überraschend. »Wieso, interessiert?«, gab sie cool zurück.

»Vielleicht«, antwortete Mario verführerisch und ungewohnt vertraut. Nicht nur Emma, die ganze Runde hielt überrascht den Atem an.

»Na, da hab ich wohl auch noch ein Wörtchen mitzureden!«, gab Emma knapp zurück, dabei überschlug sich ihr Herz gerade verräterisch. Warum tat Mario das? Wenn er mit ihr spielte, so fand sie es nicht lustig. Nicht nach allem, was passiert war. Nicht, nachdem sie einmal vor einer Ewigkeit eine Nacht im Regen zusammen verbracht hatten und Emma am Morgen danach plötzlich gewusst hatte, wovon Erwachsene immer redeten. Und erst recht nicht, nachdem er sie seit diesem Augenblick schroff abgefertigt hatte, wieder und wieder.

»Ich hatte den Eindruck, dass du der Idee vorhin sehr aufgeschlossen gegenüber standest.«

»Daran kann ich mich nicht erinnern«, konterte Emma und klimperte unter Marios Blick noch stärker auf ihrem Laptop herum. Ausgerechnet jetzt wurde sie wieder rot und die verräterische Hitze kroch ihr in den Nacken. Was bildete er sich eigentlich ein? Dass er Mister Unwiderstehlich war!

»Soll ich deinem Gedächtnis auf die Sprünge

helfen? Nur zu gerne.«

Mario hatte wohl zu lange in der Sonne gelegen! Emma erinnerte sich an ihr Versprechen gegenüber Diana und hielt ihren Mund. Das Dumme war nur, dass sie sich dennoch stumm vorstellte, wie er das anstellen würde. Seine dunkelblauen Augen glitzerten ernst und hingen bereits jetzt auf ihren Lippen. Durch seine eindringlichen Blicke unter Druck gesetzt, musste sie sich den Mund belecken. Als Reaktion darauf umfasste Mario stärker die Lehne seines Korbsessels. Seine Knöchel traten weiß hervor und er sah so aus, als würde es ihn alle Mühe kosten, sich zurückzuhalten und ihre Erinnerung nicht sofort aufzufrischen. Das hatte er nun davon! Emma rieb sich ihren Nacken und ihre Stirn und schloss kurz die Augen. Verblüffend! Die Vorstellung gefiel ihr.

»Lass sie doch, Mario! Bitte!«, mischte sie Diana ein und schaute ihn flehend an.

Doch Mario tat nichts dergleichen. »Hat dir der Typ wenigstens etwas zur Verlobung geschenkt? Blumen? Schmuck?« Er suchte die Zustimmung von Philipp, der mit glitzernden, erinnernden Augen Diana anlächelte. Doch Emma wunderte sich, dass Mario sich so aufregte. Seit wann erfreute er sich nicht mehr an ihrem Elend? Noch ernsthafter legte er nach: »Wenn ich mich verloben würde, dann wüsste meine Frau davon und es gäbe Feuerwerk, Musik und … «

Emmas Herz hüpfte und sie spürte einen Stich. »Als ob du dich je verloben würdest, Mario!«, versuchte sie gelangweilt zu klingen und den eifersüchtigen Tonfall zu unterdrücken. »Du hast bald alle Frauennamen durch. Tu doch nicht so!«

»*Emma* fehlt noch«, mischte sich Diana ein und kassierte dafür einen eisigen Blick von ihrer besten Freundin. Na schönen Dank auch! Sie konnte darauf verzichten, das Bett ihres Bruders zu wärmen, bis die nächste Freundin daher käme! Dazu nahm sie genervt Marios nachdenklichen Blick wahr. Als hätte ihm Diana geradewegs die Augen geöffnet! Klasse!

»Juhu! Wo steckt denn das junge Paar?!« Weitere Familienangehörige kamen an und retteten Emma. Sie beschloss noch eine Stunde in ihrem Zimmer weiterzuarbeiten und stahl sich davon.

»Mario Torriani, mach das nicht!«, murmelte Emma, weil sie ahnte, dass sie – egal ob Spiel oder Ernst – dabei nur verlieren würde. Statt zu arbeiten, warf sie sich in ihrem Zimmer auf das Bett und starrte die Decke an. Sie hatte immer gedacht, dass diese eine Nacht vor fünfzehn Jahren ein Missverständnis gewesen war. Danach hatte sie ihn nur von seiner schlimmsten Seite kennengelernt, egal wie sehr Diana versuchte, sie vom Gegenteil zu überzeugen. Sie war wie ein rotes Tuch für ihn gewesen.

Doch nun war etwas anders. Hatte er es wirklich ernst gemeint? Seine Augen hatten eine deutliche Sprache gesprochen. Arrgh. Jetzt bloß nicht durchdrehen!

Emma richtete sich auf und hielt ihr Gesicht unter kaltes Wasser. Sie sollte schnell den Programmfehler beseitigen und dann die Hochzeit genießen. Um den plötzlich so anderen, widersprüchlichen, sexy Mario könnte sie ja einfach einen Bogen schlagen.

7

Die Tontechnik wurde gerade für den Abend überprüft und Mario half beim Verschieben der letzten Tische, die Diana nun doch im Garten haben wollte. Und er war dankbar für eine Aufgabe.

Hatte er wirklich vorhin vor Zeugen verlauten lassen, dass er Feuerwerk zu seiner Verlobung organisieren würde? Schlimm genug, dass er sich, seitdem der Rotschopf das Anwesen betreten hatte, kaum vor ihrem Charme retten konnte. Sie war das dreizehnjährige Mädchen von damals mal einhundert. Jede Geste an ihr raubte ihm den Atem. Wenn sie wieder eine Locke wegstrich, immer etwas verärgert und dennoch verspielt. Wenn sie sich auf ihre vollen Lippen biss oder verstohlen mit ihrer Zungenspitze über ihren Mund leckte, dass er ebenso kosten wollte, was sie hatte. Wie ihr nackter Fuß in den Sandalen wippte, als wollte er sagen: Komm und hol mich! Scheiße, er wurde wieder hart. Dazu das Lächeln in ihren Augen, die eleganten Bewegungen ihrer Hände. Er wollte wieder ihre Finger spüren, wie sie gefühlvoll über seine Haut glitten. Sie sollte nicht auf ihrem Laptop damit herum spielen, sondern auf ihm, an ihm. Wie ihre Hand wohl an seinem Penis aussehen würde und erst ihre Hüfte über ihm? Er wollte sie zwischen seidigweichen Laken necken und wollte wissen, wie die erwachsene Emma Foresta im Bett war. Wild oder zahm? Würde sie ihn für die Quälereien der Vergangenheit im Gegenzug bestrafen, so wie sie es vorhin vorsucht hatte, als sie ihn treten wollte? Oder würde sie sich ihm einfach nur hingeben und ihre vorhin so sittsam übereinander geschlagenen Beine widerstandslos für ihn öffnen und ihn zu sich ziehen? Wäre sie nass und bereit für ihn? Oh, bitte! Und wie eng wäre sie, wie tief könnte er sie nehmen?

»Muss ja ne Hammerfrau sein!«, rief einer der Aufbauer.

Mario grinste ertappt. Wie wahr! »Moment, ich helf dir!« Er ächzte unter dem nächsten Tisch, den er trug, aber besser ein Möbelstück verbarg seine Erregung, als wenn ihn jemand Bekanntes so erwischte.

Noch erstaunlicher als all die erotischen

Gedanken, die Emmas Anwesenheit bei ihm auslösten, war jedoch, dass er allen Ernstes von Verlobung gesprochen hatte. Mario hatte noch nie zuvor in Hörweite von Familienangehörigen von Verlobung gesprochen. Diana hatte Recht, er hatte so ziemlich jeden Frauennamen als Partnerin durch. Noch bis gestern hatte er nicht im Traum daran gedacht, dass es einen Namen gäbe, der dem ein Ende bereiten könnte. Doch dann war Emma aufgetaucht. Und er wusste, wonach er in allen anderen Beziehungen und Affären gesucht hatte: nach ihr. Ihrem Sexappeal, ihrem Witz, ihrer Intelligenz und diesen tollen Sommersprossen, von denen er jede einzelne küssen wollte. Jede. Seitdem schlugen seine Gedanken plötzlich völlig andere Bahnen ein. Er würde nicht behaupten, dass er sie heiraten wollte. Aber er begehrte sie und die Vorstellung, sie mit einem anderen Mann zusammen zu sehen, störte ihn. Er wollte nicht, dass sie Wachmänner durchsuchten. Dass andere Hände als seine durch ihr Haar fuhren, andere Lippen als seine ihre Haut berührten. Er wollte nicht, dass sie soviel arbeitete. Und noch viel weniger wollte er, dass sie so einen alten Wagen fuhr. Wenn ihr nun etwas passieren würde!

Mario stellte den Tisch ab und stemmte die Hände in die Hüften. Er lächelte und konnte dieses dämliche Grinsen gar nicht unterdrücken. Jetzt ging es ihm etwas besser. Die Hochzeit seiner Schwester musste ihm eindeutig zu Kopf gestiegen sein. Er schaute sich um: überall elegant gedeckte Tische und Blumengestecke. Musik würde gleich spielen. Die ersten Gäste waren schon in ihren Abendgarderoben erschienen. Diana tauchte in ihrem Lieblingsabendkleid auf. An ihrer Seite stand Philipp und sie schlenderten strahlend von Gästegruppe zu Gästegruppe.

»Du solltest dich auch langsam umziehen, Brüderlein«, ermahnte ihn Diana und zupfte an seinem verschwitzten Hemd, als sie zu ihm einen Abstecher machten.

»Puh, und vielleicht auch nochmal duschen«, fügte Philipp hinzu und zeigte auf die Schweißflecken, die sich beim Aufbauen der Tische unter seinen Achseln und auf seinem Rücken gebildet hatten.

»So schlimm kann es doch gar nicht sein, oder?« Lachend stürzte sich Mario auf Diana, die ebenso lachend die Nase rümpfte. Natürlich würde er nochmal duschen. Aber davor hatte er noch etwas Anderes zu erledigen. »Mmh, entschuldigst du mich kurz?«

»Wo will er denn jetzt schon wieder hin?«, seufzte Diana, als ihr Bruder nicht zum Haus ging, sondern quer über den Rasen lief.

Das verriet ihr Mario besser nicht. Er schlich

sich in die Garage und warf einen Blick unter die Motorhaube von Emmas Wagen.

»Will sie sich umbringen?!« Der kleine, weiße Toyota schwieg dazu, so gebeutelt wie er war. Öl leckte, die Bremsschläuche waren porös, die Zündkerzen wackelten. Was für ein Glück, dass Emma vor der Einfahrt des Landhauses gestrandet war. Nicht auszudenken, was ihr hätte passieren können!

Neugierig durchstöberte Mario ihren Wagen. Obwohl Emma ihr Gepäck herausgeholt hatte, offenbarte er den Charakter seiner Besitzerin. Auf der Rückbank lagen bunte Bonbon-Papiere. Eine angefangene Wasserflasche war unter den Sitz gerollt. Neben einem zerfledderten Straßenatlas aus der Vor-GPS-Ära steckten Polaroids und Notizzettel. Hinter den Sonnenblenden klemmten weitere Bilder, Urlaubsfotos, Zeitungsartikel, Überbleibsel ihres Lebens, das sie hier zurückgelassen hatte, bevor sie plötzlich nach Amerika gegangen war. Ein Schnappschuss zeigte sie in einem Business-Kostüm neben einem Mann in Anzug. Sie hatte sich bei ihm eingehakt und schaute mit einer Mischung aus Verliebtheit und Belustigung schräg zu ihm hoch, während er gerade telefonierte. Was für ein Idiot! Auf einem Foto waren Diana und sie noch Teenager. Beide lachten, dass man ihnen fast in den ganzen Mund schauen konnte und zogen Fratzen. Wirklich sehr erwachsen! Diana war mit Emma schon immer wilder gewesen als ohne sie. Dann stutzte Mario und schluckte. Auf dem nächsten Bild trug Emma ein dunkles, schulterfreies Abendkleid. Sie posierte unter einem Blumenbogen. Allein. Mario musste nicht das Datum auf dem Bild suchen, er kannte es auswendig: 20. Juni 2002. Die wunderschöne, achtzehnjährige Emma war ohne Begleitung zu ihrem Abschlussball gegangen. Er erinnerte sich auch, dass er der Grund dafür gewesen war. Ihre Begleitung hatte eine Woche vorher unter den Jungs herumposaunt, dass er die holde Emma nun endlich klarmachen wollte. Mario hatte an sich halten müssen, den Typen nicht krankenhausreif zu schlagen. Er hatte ihn gezwungen, ihr abzusagen. Wie sich Emma dabei fühlen würde, hatte er nicht bedacht. Sie lächelte auf dem Bild, aber ihren Augen fehlte der sonst so schelmische Glanz. Die Enttäuschung stand ihr ins Gesicht geschrieben. Und er hatte Schuld daran.

Damit wäre nun Schluss! Mario kletterte wieder aus dem Wagen und war für einen Augenblick benommen. Dann griff er sich das Werkzeug, um seine Gedanken abzulenken. Das gelang auch ganz gut. Nach einer Stunde rutschte er auf dem Boden unter den Toyota und klärte das nächste Desaster: Wo leckte das Öl? Die schwarze Flüssigkeit tropfte und er griff nach einem Lappen. Mist! Zwei süße Knöchel tauchten in seinem Blickfeld auf.

Diese Beine erkannte Emma auch ohne Oberkörper! Was glaubte Mario, was er da tat? Emma biss sich wütend auf ihre Lippen. Seit fast einer Stunde suchte sie ihren Wagen. Sie hatte sich im letzten Stau Notizen gemacht und die bräuchte sie dringend, wenn sie nicht die ganze Nacht arbeiten, sondern an der Feier teilnehmen wollte. Die Notizen waren im Wagen. Der Wagen in dieser Garage, einer von fünf, wie ihr endlich jemand mitgeteilt hatte. Und ihr Toyota hatte Gesellschaft, wie sie überrascht feststellen musste. Unter dem Auto lag Mario, der offensichtlich mit Werkzeug konzentriert daran herumschraubte. Sie machte sich bemerkbar.

»Ich habe Diana extra gesagt, dass du das nicht machen musst.«

»Wer sagt, dass mich Diana gebeten hat?« Mario tauchte immer noch nicht auf und Emmas Augen glitten über seine nackten, männlichen Beine, seine Shorts, seinen Schritt. Sie musste schlucken. Seine Finger berührten gerade ihr Auto und sie erinnerte sich nur zu gut daran, wie geschickt sich diese Finger erst am Morgen angefühlt hatten. Allein beim Gedanken daran wurde ihr wärmer.

»Als würdest du mir einen Gefallen tun! Oder manipulierst du gerade meine Bremsen?« Emma hatte es als Witz gemeint, doch als sein Kopf kurz auftauchte, sah sie sofort, dass der nach hinten losgegangen war. Irgendetwas fand Mario daran überhaupt nicht komisch. »Was?!«, fragte sie gereizt zurück. Doch er sagte immer noch nichts. Männer! Also rollte sie die Augen und kramte nun kopfschüttelnd im Wagen nach ihren Notizen, während unter ihrem Toyota zu hören war, wie Mario werkelte. Er unten, sie oben. Puh, das war eindeutig der falsche Gedanke! Emma schnappte sich einen Stapel, wo sein musste, was sie suchte, und ging die Zettel draußen einzeln durch.

»Sag mal, was ist das eigentlich?«, fragte Emma, als sie ihren Geistesblitz gefunden hatte. Sie stupste ein Teil, das auf dem Boden lag, mit der Schuhspitze an.

»Deine alten Zündkerzen.«

»Aha.« Die sahen ziemlich ruiniert aus. Emma wollte sich entschuldigen, kam sich aber dumm vor und steckte ihre Nase wieder in die Zettel.

»Aua, verdammt!«, fluchte Mario plötzlich und kam hochgeschossen. Sie sah, wie er zum einen mit einer dunklen Flüssigkeit bespritzt war und zum anderen seine Hand eine riesige Schramme hatte. Sie sprintete zum Kofferraum und schnappte sich ihren Sanikasten zum ersten Mal, seit sie ihn erworben hatte.

»Lass mal sehen!«, forderte sie intuitiv und ließ sich die Wunde zeigen. Der Schnitt war klein aber tief und blutete heftig. Emma merkte, wie allmählich Sterne vor ihren Augen tanzten. Das durfte doch nicht wahr sein! Sie würde nicht vor Mario Torriani ohnmächtig werden. Nie im Leben! Bei seinem Ego würde er ihr das vorhalten, bis sie alt und grau wäre! Bitte, lieber Gott, das durfte einfach nicht passieren!

»Hier sind Pflaster und hier Desinfektionsmittel«, hörte sie sich selbst sagen. Dann driftete sie langsam weg. Ihre Knie wurden weich. Mist!

»Vorsichtig, Sweetheart!«

Emma landete erstaunlich sanft auf dem Boden und atmete tief durch. Hatte Mario Torriani sie gerade *Sweetheart* genannt? Hatte er allen Ernstes besorgt geklungen und keine Spur belustigt? Hatte sie einen Dachschaden? Konnte sie nicht nur kein Blut sehen, sondern machte ihr die Hitze der Adria etwa auch zu schaffen? Sie blinzelte irritiert.

Mario saß hinter ihr und hielt sie, während er sich gerade die Hand verband. Dann zogen seine Arme sie näher an sich. Emma schloss die Augen und genoss das Gefühl. So benommen, wie sie war, vertraute sie diesem Mann, der sie so viele Jahre lang immer aufgezogen hatte, plötzlich blind. Die Wärme seines Körpers wirkte beruhigend, ebenso wie der sanfte Druck seiner Arme und das Gefühl seines Atems. Mario lehnte seinen Kopf an ihre Schulter und sein kratziger Bart schickte ihr süße

Schauer über den Rücken. Sie fühlte sich sicherer als je zuvor in ihrem Leben. So, wie in ihren Träumen. So, wie in jener Nacht. Seine Hände strichen wieder beruhigend über ihre Arme. Doch die Berührung entspannte nicht, sondern schickte kleine Impulse in ihren Bauch, dass sie selig seufzte. Sie schmiegte sich näher an den wohltuenden Körper, der nach und nach seine Fremdheit verlor. Doch Träume gingen zuende. Sobald Emma wieder klarer im Kopf wurde, wollte sie sich aus der Umarmung befreien. Das war alles nicht richtig, ein Zufall, mehr nicht.

»Warte noch einen Moment! Nicht, dass du gleich wieder umkippst!« Mario sagte es ganz neutral, keine Spur Flachserei in seiner Stimme. Er hielt sie weiter fest und seine Hände fuhren über ihre Haut.

»Ich bin doch nicht umgekippt!«, protestierte Emma. Sie wollte erneut aufspringen, doch dieses Mal stoppten sie ihre zittrigen Knie und sie ließ sich mit einem Seufzen wieder zurück fallen in seine Umarmung.

Mario betrachtete sie ernst, ordnete ihre Haare und fühlte ihre warme Stirn. »Doch bist du, Sweetheart.« Fasziniert ließ er seine Fingerkuppe über ihre Wange fahren, fühlte ihre weiche Haut und studierte ihre Reaktionen.

Emma blieb der Protest im Hals stecken. Wie oft

war ihr schon jemand durchs Haar gefahren? Dutzende Male. Doch nie zuvor, hatte sich dabei ihr Atem beschleunigt. Kannte sie diesen Mann, der hinter ihr saß vielleicht gar nicht richtig? Süchtig nach weiteren Berührungen, ignorierte ihr Körper, dass Mario Torriani eigentlich der Feind war und verriet sie. Sie atmete hungrig seinen Duft ein, nahm ihn ganz in sich auf, und schmiegte sich enger an ihn. Ihre Wange drückte sich näher an seine Hand. Ihre Finger fuhren wieder über seine Arme, ertasteten die Muskeln und die Kraft dahinter, zogen sanfte Kreise und zögerten schließlich, als sie an seinem verbundenen Daumen ankamen.

»Tut es sehr weh?«, fragte sie ehrlich besorgt.

»Darum würde ich mir gerade keine Sorgen machen.«

»Ach ja?«

»Ach ja.« Marios Augen wurden dunkel, er hob ihr Kinn, beugte sich vor und ihre Lippen näherten sich einander an, dass man bereits die Berührung des anderen als Kribbeln spüren konnte.

Emma erwachte aus ihrer Trance und quiekte: »Untersteh dich, Mario Torriani, du bist voller Maschinenöl!« Sie sprang auf und schwankte einen Moment, bis ihr Kreislauf wieder mitspielte. Sie suchte nach einem Tuch und reichte es ihm, aber er nahm es nicht. Sie spürte seine Blicke, wie sie immer wieder über ihren Körper glitten und ihre Haut prickelte. Wieder verschwand die Welt um sie herum, wurde seltsam konturlos und blass, aber nicht, weil sie in Ohnmacht fallen würde, sondern weil seine Augen sie aufsaugten.

Mario stand ebenfalls auf und näherte sich ihr. Sein Blick hielt sie dabei fest und seine blauen Augen funkelten heiß. Seine warme, große Hand umschloss ihre, die noch immer das Tuch hielt. Jede Berührung schickte süße, kleine Impulse durch ihren Körper und sie fragte sich, ob es nicht schon immer so gewesen war. Wirklich nachdenken konnte sie jedoch nicht darüber, denn seine Hand führte ihre nun mit dem Tuch über seinen Körper und verwischte Flecken, die er während der Reparatur bekommen hatte. Dann ließen ihre Finger das Tuch los und plötzlich fühlte sie seine Haut an ihrer. Wie im Fieber tasteten ihre Hände über seine Brust und seine Schultern, seinen Nacken und erneut über seine Brustwarzen, die nun hart waren, bis zu seinen Hüften. Endlich.

»Jetzt mach ich dich doch schmutzig«, hauchte Mario und sein doppeldeutiger Blick brannte in ihrem.

Irgendwo entfernt in Emmas Kopf hämmerte es: *Das ist Mario, Finger weg!* Wieder und wieder. Die Stimme war jedoch nicht wirklich laut und sie spürte nur diese festen Muskeln, die warme Haut und nun ebenfalls seine Hände. Seine Finger zogen sie an den Gürtelschlaufen ihrer Shorts näher und ihr Atem stockte, als sie seine Erregung hart gegen sich gepresst spürte. Das war es, was sie schon immer wollte. Seine Hände wanderten zu ihren Pobacken und drückten sie fordernd an sich. »Hör auf!«, murmelte sie, ohne selbst zu wissen, was sie da verlangte.

»Ladys first!«, flüsterte sein heißer Mund an ihrem Ohrläppchen und statt aufzuhören stöhnte sie sehnsüchtig, lehnte ihr Gesicht an seine Brust und küsste seine Haut, die so verführerisch nah war.

»Machst du das mit jeder Frau so?« Emma konnte nicht aufhören und würde es jetzt auch nicht.

»Was mache ich denn mit dir?« Marios Hände glitten unter ihr Shirt, während sich ihre Hüften verzweifelt an seinen rieben.

Wieder Stöhnen. War sie das etwa? Emma verlor einfach den Verstand. Diese Lust ihn zu berühren und berührt zu werden! Sie schaute auf in seine dunkelblauen Augen, die zu engen Schlitzen zusammengezogen waren und leckte sich ihre Lippen. »Das Gleiche, was ich mit dir mache!«

»Sicher?« Sekunden später spürte Emma seinen heißen Mund an ihrem Hals und an ihrem Nacken. Dazu seinen Atem. Großer Gott! Er musste aufhören! Aber er sollte um Gottes Willen nicht aufhören. So hatte sie sich noch nie gefühlt! Jede Berührung schickte heiße Wärme in ihren Schoß. Es gab nur noch ihn und das Gefühl der Erleichterung, nun nach all den Jahren endlich zu erleben, wovon sie seit jener Nacht nur träumen durfte.

Emmas Finger wanderten zu seinem Nacken, griffen fest in seine verschwitzten Haare. Seine Küsse wurden feuchter. Mario knabberte an ihr und sie schmolz dahin. Ein Schauer kam über sie und nasse Wärme floss zwischen ihren Beinen. Sie konnte unmöglich von nur einem Kuss einen Orgasmus bekommen! Oder anders herum: Was passierte dann erst, wenn Mario sie richtig küssen würde? Auf den Mund? Sie wollte ihn und sie spürte, wie er sie ebenfalls wollte und ihr war komplett egal, was dieser Dummkopf ihr früher angetan hatte. Oder dass er diese Technik jahrelang mit anderen Frauen perfektioniert hatte. Seine Hände packten wieder hart ihren Po und seine Finger kamen ihrer Erregung unglaublich nah. »Schau nach, was du mit mir machst!«, forderte Emma ihn auf. So wie ihr Becken seinen harten Penis reizte, sehnte sich ihr Kitzler nach Berührung.

»Jetzt sofort?«

Emma biss ihn leicht in die Schulter und Mario lachte. »Das ist wohl ein Ja?«

»Ja.« Ganz langsam glitten seine Hände in ihre Shorts. Seine intime Berührung entlockte ihr ein Stöhnen. Seine Finger tasteten sich immer tiefer zum Zentrum ihrer Lust vor. Doch sie ließen sich viel Zeit, viel zu viel Zeit für das Verlangen, das Emma empfand.

Plötzlich hupte es wild.

Beide schreckten auseinander, Mario zog Emma zur Seite, bevor ein weiterer Wagen in der Garage geparkt wurde. Emma schüttelte sich, als würde sie aus einer tiefen Trance erwachen und nach und nach wurde ihr klar, was beinahe passiert wäre. Ihre Arme lagen um Marios Hals. Sein Geruch klebte auf ihrer Haut, ihr Höschen war nass und beinahe hätte er das auch bemerkt. Dieser Mann war pures, süßes Gift! Sie lächelte ihn an und er sie, denn beide wussten, sie waren mit dem Schrecken nur knapp davon gekommen. Emma löste sich von Mario und nahm ihre Zettel. Sie würde keine Sekunde länger hier bleiben. Auch auf dem Zimmer könnte sie alles noch einmal durchgehen.

Für den Parkboy gut sichtbar hielt sie ihre Papiere triumphierend hoch, zupfte an ihrem Outfit und rannte fast aus der Garage. Bei ihrer nächsten Begegnung würde bestimmt das Gleiche passieren. Und plötzlich hoffte Emma, dass die recht bald wäre.

Philipp küsste seine Verlobte. »Das wird dich freuen zu hören, Darling. Der Parkboy hat deine Freundin zusammen mit deinem Bruder in der Garage erwischt.« Er lächelte breit.

»Das hat doch gar nichts zu heißen«, sagte Diana, die nicht glauben konnte, dass Emma Mario jemals wissentlich in ihre Nähe gelassen hatte.

Philipp wirbelte Diana zu sich und presste sie an sich. Er war eindeutig erregt und blitzte sie vergnügt an. Er beugte sich wieder zu ihrem Ohr und flüsterte heiser: »Er hat nicht nur an Emmas Auto herumgeschraubt.«

Diana musste kichern. »Was denn noch?«

»Unser Parkboy musste erst hupen, um die beiden Turteltäubchen auseinander zu bekommen.«

»Sie haben sich geküsst?!« Diana war sprachlos und lachte Kopf schüttelnd.

»Na ja, soweit es der Parkboy gesehen hat, war Emma vielmehr Wachs in den Händen oder besser gesagt in den Armen deines Bruders.«

»Wie haben sie sich aus der Situation gerettet?«, wollte Diana wissen.

»Emma hatte wohl Unterlagen im Auto gesucht gehabt und hatte dann zahlreiche Zettel gegriffen und war davon gestürmt.«

»Und Mario?«

»Der soll ihr nachgeschaut haben.«

»Nicht, dass er sie nur ausnutzt.«

Philipp schüttelte den Kopf. »Mach dir keine Sorgen.« Er hatte gesehen, wie Mario Emmas Schritten folgte. Er sah Verlangen, Leidenschaft. Aber er hatte auch Sorge um den anderen entdeckt.

Warum sonst hätte Mario sich auf der Hochzeit seiner Schwester in Mechanikerkluft geschmissen? Wo das doch andere hätten machen können? Aber sicher ist sicher und wenn er es selbst machen würde, dann wüsste er immerhin, ob die Arbeit auch richtig erledigt wurde. Er küsste Diana glücklich. Er würde es selbst nicht anders tun.

8

»Love is in the air, everywhere I look around …«

Langsam tauchte Emma aus ihrer Arbeit auf und die Partyatmosphäre drang durch die offenen Balkontüren zu ihr. Sie streckte sich und rieb sich müde die Augen. Was für ein Tag! Von einem Urlaub konnte nicht die Rede sein. In Kalifornien ging gerade die Sonne auf und pünktlich zum Beginn des neuen Tages hatte sie alle Probleme lösen können. Nun würde sie am liebsten unter die Bettdecke kriechen und schlafen. Sie war seit etlichen Stunden ohne Pause auf den Beinen und entsprechend k.o. Diana würde ihr das allerdings übel nehmen. Und sie sich selbst auch. Sie hatte sich auf die Hochzeit wirklich gefreut und die würde wunderschön ablaufen. Mit ihr. *Na los, amüsier dich etwas!*, sprach sie sich selbst Mut zu. Im Bad spritzte sie sich Wasser ins Gesicht und legte sorgfältig ihr Make-up auf. Dann schlüpfte sie in ein Cocktail-Kleid und mischte sich unter die Gäste.

Auf der Terrasse winkte Emma den beiden Gastgebern zu. Diana und Philipp hatten sie sofort entdeckt, nickten, waren jedoch in einem Gespräch mit Freunden von Philipp vertieft. Emma ließ einen kurzen Blick über die Menge gleiten. Kein weiteres bekanntes Gesicht schaute sie an. Sie ergriff ihre Chance und stürmte schnurstracks das Büfett. Pasteten, Salate, Gegrilltes, Pasta in allen denkbaren Varianten und ein Meer an süßen Leckereien türmte sich vor ihr auf, so dass ihr das Wasser im Mund zusammenlief und ihr Hunger größer wurde. Nur keine Scheu!

Emma packte sich von allem etwas auf den Teller. Einzig die Pute bereitete ihr Probleme. »Nun komm schon …!« Sie versuchte ihr ein Stück von ihrem Flügel auszureißen.

»Schwanger?«

Die vertraute Stimme ließ Emma erschrocken zusammenzucken. Endlich bekam sie das Stück frei. »Damit eines klar ist: Ich esse das alles allein. Du kriegst gar nichts davon ab!« Emma hielt schützend ihre Hand über den Teller und musterte Mario. Was machte er hier? Die Begegnung in der Garage hatte sie für einen momentanen Kurzschluss in ihrem Gehirn gehalten und sich selbst zur Raison gebracht: Mario Torriani war tabu und bliebe besser tabu. Konnte er das nicht ebenso einsehen? Und konnte ihr Bauch mal aufhören, so warm zu kribbeln?!

Emma begann sich demonstrativ den ersten Happen ihrer hart erkämpften Beute in den Mund zu stecken. Wow! Lecker! Ein weiterer Bissen folgte. Das Essen schmeckte so köstlich, dass sie für eine volle Sekunde die ebenso großartige Erscheinung von Mario neben sich vergaß. Keine Sekunde länger. Während sie sich das Essen auf der Zunge zergehen ließ, saugten ihre Augen seinen Anblick auf, um ihn nie wieder zu vergessen und zu ihrem geheimen gedanklichen Erinnerungsalbum hinzuzufügen. *Perfekt* traf es ohne Übertreibung. Dicht gefolgt von *vollkommen* und *traumhaft*. Der Smoking saß akkurat. Das Dunkelblau unterstrich den Glanz in seinen Augen. Der weiße Kragen stand in anziehendem Kontrast zu seiner dunklen Haut. Er hatte sich immer noch nicht rasiert und wenn das sein eigentlicher Look war, so war der atemberaubend. Emma erinnerte sich, wie diese Stoppeln bei jeder noch so kleinen Berührung auf ihrer Haut für süße Qualen gesorgt hatten. »Sicher, dass du mir nichts abgeben willst?« Mario lächelte sie von der Seite an und seine Lippen kräuselten sich amüsiert.

»Sicher.« Schnell schob sich Emma einen weiteren Bissen in den Mund. Solange ihr Mund beschäftigt war, bestand keine Gefahr, dass sie sich küssten. Denn genau das war es, wovon sie träumte. Ein wilder Kuss, sein Atem in ihrem Mund und wie sich ihre Zungen berührten. Nervös schlang sie mehr von der Pasta herunter und schmeckte nicht mehr, was sie aß. Alles wirkte fad verglichen mit dem Geschmack, den seine Lippen haben würden.

»Schade.« Mario strich mit seinem Finger über ihren Mundwinkel und leckte sich nun die Fingerkuppe ab. Ganz langsam nuckelte und saugte er, dass ihr immer wärmer wurde, während seine Augen heiß und verlangend auf ihrer Haut brannten. Emma wäre der Teller beinahe aus der Hand gefallen, wenn Mario ihn ihr nicht im letzten Augenblick abgenommen hätte. Der nächste Bissen auf der Gabel schwebte noch vor ihrem Mund und sie knabberte an ihrer Unterlippe. Wie hypnotisiert betrachtete sie ihn.

»So hungrig, Sweetheart?« Offenbar verriet ihre Mine nur zu deutlich, was sie gerade wollte: seinen Finger ablecken. »Wir sollten uns vielleicht setzen?«, schlug er in seiner sanften Stimme, die ihr neuerdings die Knie in Gummi verwandelte, vor. Emma ließ sich zu einem der Tische dirigieren und kam wieder etwas zu sich, als Mario sich etwas vom Teller schnappte.

»Hey, hol dir selbst etwas, hab ich gesagt!« So

sauer sie klang, ihre Augen wanderten sofort wieder zu seinem Mund.

»Ich hab das Essen gerettet, also darf ich es auch essen.«

»Was heißt hier gerettet?« Emma nahm Mario den Teller wieder aus der Hand.

»Das weißt du ganz genau.«

Wie konnte jemand einfach nur essen und sie dabei so verrückt machen?! Sein Blick reizte ihren Körper und der wollte nur noch eines: Mario Torriani. Als Vorspeise, Hauptgericht und Nachtisch.

»Ich versteh dich nicht, Emma, warum gibst du nicht einfach zu, dass du scharf auf mich bist?«

»Und dann?«

»Du gibst es also zu?« Mario lächelte, als hätte er sie nun erwischt, und sein Blick wurde noch einmal eine Spur zweideutiger.

»Gar nichts gebe ich zu. Ich bin doch nicht hinter jedem her!«

»Aber hinter Luca Venti.« Mario verschränkte seine Arme, lehnte sich locker voll und ganz auf ihre Reaktion gespannt zurück. Die ließ nicht lange auf sich warten.

»Wie bitte!« Emma fiel die Gabel klirrend aus der Hand. Doch in den Geräuschen der Party ging das zum Glück unter. Sie spürte, wie verräterische Röte in ihr Gesicht kroch. Was wusste Mario von Luca Venti und ihren vergeblichen und einzigen intensiven Versuchen, einen Mann in sie verliebt zu machen? Mit siebzehn war sie ihm einen Sommer lang hinterher gelaufen, hatte sich für ihn die Haare dunkel gefärbt und zuckersüße Kleidchen getragen. Sie hatte sich sogar auf ein Motorrad gewagt, nur um ihm zu imponieren. Niemand wusste etwas davon, nicht einmal ihr Tagebuch. Außer … Sie sprang aufgeregt auf. »Diana! Diana!« Mit ihrem leerer werdenden Teller kämpfte sie sich zur Braut durch. »Diana, wem hast du damals alles von Luca erzählt?« Alle schauten fragend zu der Furie, der in dem Augenblick völlig egal war, wie gesellschaftlich korrekt sie sich benahm.

»Luca wer, Emma?« Diana starrte sie entgeistert an.

»Du weißt schon, Luca … DER Luca.« Sie redete leiser und zog Diana verschwörerisch zu sich. Selbst nach Jahren musste nicht jeder alle Details ihres peinlichen Unterfangens erfahren.

Diana schien sich zu erinnern: »Niemandem habe ich etwas erzählt. Ich schwöre.«

»Aber er weiß es!«, platzte Emma ärgerlich.

»Wer weiß es?«, fragte Diana begriffsstutzig und verstand das Drama ganz und gar nicht.

»Dein Bruder!«

Diana schaute ihrer Freundin sehr genau ins entsetzte Gesicht und sichtete dann das Konterfei ihres grinsenden Bruders. Sie machte ihn in der Menge aus und orderte ihn per Blick zu sich.

»Gibt es ein Problem, die Damen?« Er lächelte charmant und legte seinen Arm um Diana.

»Du! Du bist mein Problem!«, sprudelte es aus Emma etwas zu laut und einige Gäste, die in der Nähe standen, drehten sich interessiert um und warfen ihnen neugierige Blicke zu.

»Das darf ja wohl nicht wahr sein, Emma! Du hast mir hoch und heilig versprochen, keine Szene zu machen!«

Emma schaute giftig zu Mario, als wäre er an allem Schuld. Also sollte er seine Schwester gefälligst auch beruhigen.

»Ihr seid schlimmer als zwei kleine Kinder. Was ist hier überhaupt los?«

»Gute Frage.« Emma wusste es auch nicht. Sie kaute auf ihrer Lippe herum und murmelte eine Entschuldigung. Mehr konnte und wollte sie nicht erklären, schon gar nicht die Tatsache, dass Marios Nähe sie ganz durcheinander brachte. Einerseits wünschte sie ihn zum Teufel, andererseits schlug ihr Herz sofort schneller, sobald er in ihrer Nähe war.

Diana seufzte und nahm Emma kurz in die Arme. »Ich hab es wirklich niemandem erzählt, okay?« Emma nickte. »Amüsier dich einfach ein bisschen und geb nicht zuviel auf meinen Bruder!« Diana funkelte warnend Mario an, verkniff sich aber jeglichen Kommentar. Dank ihrer Familienbande verstanden sich beide auch ohne Worte.

Emma atmete tief durch und stellte den leeren Teller ab. »Ich glaube, ich teste mal das Dessert.« Sie mied jeglichen Blick auf Mario.

»Tu das!«

Also stürmte Emma das süße Buffet, das gerade aufgestockt wurde. Sie brauchte ganz dringend Zucker. Und was auch immer Diana mit ihrem Blick klar gemacht hatte, Mario folgte ihr nicht. Sehr gut.

Langsam und mit jedem weiteren Bissen beruhigten sich Emmas angespannte Nerven. Ein Glas Grappa tat sein Übriges. Satt schlenderte sie wenig später zwischen den Gästen hindurch und schnappte hier und dort Anekdoten und Lacher auf. Sie genoss den lauen Sommerabend an der Adria. Grillen zirpten, die Band begann wieder zu spielen und die Tanzfläche füllte sich. Aus den Augenwinkeln verfolgte sie, wo sich Mario aufhielt und wahrte den Abstand. Noch einmal wollte sie ihm nicht über den Weg laufen. Sie nippte an ihrem Glas. Erst redete er mit Philipp und Diana, dann mit seinen Eltern und schließlich mit Freunden von Philipp. Um nicht beim Starren erwischt zu werden, wechselte sie ihre Position regelmäßig. Bis eine der Frauen ihren Arm um ihn legte.

»Wer ist das Biest?«, murmelte Emma. Auf ihren High Heels war sie beinahe so groß wie er. Sie hatte eine schlanke Figur mit einer unnatürlich großen Oberweite. Ihr seidig-glänzendes, glattes, blondes Haar saß perfekt und ihre rot lackierten Fingernägel wanderten über Marios Schultern. Wie bei einem Autounfall konnte Emma nicht wegsehen. Natürlich war Mario noch der Alte! Wenn sie noch einen Beweis dafür gebraucht hatte, so befand der sich gerade auf der Tanzfläche. Mario zog die Frau nah an sich, während er sie führte. Sie legte ihren Kopf an seine Schulter und der Neid drehte Emma den Magen um. Als die Blondine ihre Finger in seinen Nacken legte, wünschte sich Emma für eine Sekunde, es wären ihre Hände.

»Sie möchten bestimmt auch tanzen, meine Liebe, oder?«

Vor Emma war Philipps Vater aufgetaucht, der ihren Blick auf die Tanzfläche missverstanden haben musste und ihr nun seine Hand hinhielt. Sie versuchte ein glückliches Gesicht zu ziehen. Philipp konnte gut tanzen. Warum also nicht? Die Ablenkung war ihr willkommen. »Sehr gerne.«

Nur fünf Schritte später bereute Emma ihren Enthusiasmus und ihre Entscheidung bitterlich. Was ihren Füßen blühte, hätte sie selbst in ihren schlimmsten Alpträumen nicht erwartet! Philipps Vater war ein lausiger Tänzer ohne Taktgefühl und motorisch grob unbegabt. Auch sein Spaß konnte das nicht aufwerten. Emma rettete permanent ihre

Füße vor seinen und quälte sich ein Lächeln ab. Schließlich hatte sie schon für genug Drama für einen Tag gesorgt. Nach vier Tänzen hatte das Elend ein Ende. Einige Zuschauer tuschelten amüsiert und sie versuchte tapfer zu lächeln und nicht zu hinken.

Etwas verloren schaute sich Emma nach vertrauten Gesichtern um. Philipp schien gerade seinem Vater eine Standpauke zu halten, während Diana ihn versuchte zu beruhigen. Von der schönen Unbekannten und von Mario fehlte dagegen jede Spur. Weder die Blondine noch er waren auf der Tanzfläche, bei den Tischen oder am Buffet. Emma ließ ihre Schultern hängen. Was hatte sie auch gedacht? Dass sich Mario wirklich geändert hatte? Er war noch der gleiche Playboy wie damals und weil er bei ihr nicht landen konnte, hatte er sich eben ein anderes Opfer für das Wochenende gesucht und offensichtlich auch gefunden.

Möglichst ohne zu humpeln setzte sich Emma etwas abseits von der Partygesellschaft auf eine der Sonnenliegen und starrte in den funkelnden Sternenhimmel. Wahrscheinlich war das alles etwas zu viel Aufregung für einen Tag gewesen und die Müdigkeit machte sie zusätzlich empfindlich. Ihre Augen füllten sich mit Tränen und alles Blinzeln half nichts dagegen, sie kullerten über ihre Wange in ihren Schoß, bevor sie sie aufhalten konnte. Sie war

Computerexpertin, herrgottnochmal! Seit wann, wurde sie wegen gar nichts so emotional?!

»Hey, hier hast du dich versteckt!«

Mist! Warum musste Mario immer im unpassendsten Moment auftauchen? Emma räusperte sich, aber mied seinen Blick. »Und doch wohl nicht gut genug. Sucht Diana mich?« Sie versuchte sich zu sammeln aber spürte immer noch ihren Kloß im Hals. *Geh, geh, geh!*, versuchte sie Mario still klar zu machen.

»Ich habe dich gesucht.« Emmas mentale Fähigkeiten waren definitiv unnütz. Statt zu gehen, setzte sich Mario nun zu ihr auf die Liege und ihr Atem ging schneller. Diese vier Worte ergaben keinen Sinn, also schwieg sie. »Emma, ist etwas passiert? Geht es dir gut?« Er rückte noch näher, so dass sie seine Wärme spürte. Dann legte er seine Arme um sie.

Emma verdrehte die Augen und wand ihren Kopf ab. Klasse, konnte er nicht einfach irgendeine dumme Bemerkung machen? Damit kam sie besser klar, als mit Mitgefühl und Anteilnahme. Sie spürte wieder ihre Tränen aufsteigen und Mario scheinbar auch.

»Emma? Schau mich an!« Marios Hand klemmte ihr eine Haarsträhne hinters Ohr, fasste dann ihr Kinn und drehte sanft ihren Kopf zu sich. Keine Ahnung, was er sah. Wortlos strich sein Daumen eine salzige Träne weg, die noch auf ihrer Wange klebte.

»Meine Lieblingsschuhe sind ruiniert«, schniefte sie. »Wehe du lachst jetzt, aber das waren wirklich meine Lieblingsschuhe.« Besser alle Schuld auf die Schuhe schieben, statt irgendwie ihr Gefühlschaos zu erklären.

»Warum waren sie das?« Hatte die Taktik funktioniert? Mario löste vorsichtig die Riemchen ihrer High Heels und Emma verfluchte sich, dass sie nicht selbst auf diese Idee gekommen war. Seine Hände fühlten sich definitiv zu gut an, um jetzt wegzulaufen.

Die folgende Antwort lag bestimmt an zuviel Grappa: »Ich fühl mich unglaublich sexy darin. Ich dachte, das sieht man!« Sie brachte ein kleines Lächeln zustande.

»Stimmt, das hab ich gesehen.« Langsam löste Mario den zweiten Schuh, damit Emma die Notlüge nicht bemerkte. An den Schuhen lag es nämlich nicht. Ihre roten, lockigen Haarsträhnen feuerten seine Fantasie an. Ihre Wangen hatten von der Tanzerei einen rosafarbenen Schimmer erhalten und ihm fiel sofort eine weitere Gelegenheit ein, wobei sie so aussehen würde. Dazu der Schwung ihrer Hüften. Kein Wunder, dass er hart geworden war, und Isabel, die er gerade über das Parkett geführt hatte, das missverstanden hatte!

Emma mied seinen Blick und schielte auf ihre Riemchenschuhe, deren helles Leder nun dunkle Kratzer hatte. Als ob er sich Sorgen um ihre Schuhe gemacht hatte! Philipps Vater war ein miserabler Tänzer! Und sein Enthusiasmus glich sein mangelndes Talent bei Weitem nicht aus.

Emma zitterte leicht und Mario legte ihr sein Jackett über die nackten Schultern.

»Was wolltest du eigentlich von mir?« Sie zog das Jackett fröstelnd fester und ein leises Seufzen entschlüpfte ihr.

»Ich habe jemanden zum Tanzen gesucht.« Mario fiel es schwer, ruhig zu bleiben. Er griff nach einem ihrer Füße und massierte sanft ihren Fußballen.

»Das sah mir vorhin anders aus. Hattest du nicht schon jemanden gefunden?« Emma hatte ihre Augen geschlossen und lehnte sich zurück.

»Wen meinst du?« Marios Hände glitten ihre Wade hoch und wieder zum Fuß zurück. Emma grummelte irgendetwas Unverständliches und seufzte dann selig. Jede seiner Berührungen ließ ihren Atem tiefer gehen. »Du hast mich doch nicht etwa beobachtet?« Mario grinste breit. Natürlich hatte sie das und zwar alles andere als unauffällig. Da könnte sie soviel empört schnauben, wie sie wollte. Ihr ganzes Verhalten ließ nur einen Schluss zu: Sie war eifersüchtig gewesen und das war wunderbar. Behutsam küsste er ihren Fuß, legte ihn in seinen Schoß und widmete sich nun dem zweiten. War ihr klar, wie sexy sie gerade jetzt aussah? Ihr Gesicht hatte sich in sein Sakko gekuschelt. Sie lag vor ihm mit leicht geöffneten Lippen und ihre gelösten Haaren wurden vom Wind zerzaust. Seine Bewegungen wurden immer langsamer, bis er schließlich inne hielt. Schlief sie? Ihr Brustkorb hob und senkte sich gleichmäßig.

»Mario?« Ihre Stimme klang schläfrig, kurz davor in süße Träume abzudriften. Jeglicher spielerischer Ton war ihr abhanden gekommen. Nur noch pures Bedürfnis schwang darin.

»Ich bin hier, Sweetheart.« Marios Hände zitterten, als er sie zu sich zog und ihr Körper sich näher an seinen schmiegte. Ihre Wärme. Ihren Duft, der sich mit dem Oleander und den Rosen vermischte.

»Das ist gut, das ist wirklich gut«, murmelte sie noch leiser. Emmas Finger fuhren ihm durch seine Haare, dass ihm heiß wurde und nur noch ein Gedanke ihn beherrschte: in sie einzudringen und ihr zu zeigen, wie sehr er sie brauchte. Und dann … dann war sie eingenickt. Das war ihm ja noch nie passiert!

»Oh Emma! Jeder anderen würde ich das nicht einfach so durchgehen lassen.« Ungeniert betrachtete Mario seine schlafende Prinzessin und fühlte eine ihrer Haarspitzen. Sie sah einfach nur bezaubernd aus. Der rote Mund lud zu jeder Menge Abenteuern ein. Der Anhänger der Kette zeigte genau in ihren Ausschnitt. Er seufzte. Er war einfach zu anständig. Und so wollte er sie auf keinen Fall verführen. Ihre jadegrünen Augen sollte ihn anblinzeln wie vorhin. Er wollte ihr Verlangen nach ihm sehen und es auch spüren dürfen. Er wollte, dass sie nur nach ihm verlangte und er wollte, dass sie es auf gar keinen Fall bereute.

Vorsichtig hob Mario Emma hoch und angelte mit zwei Fingern nach ihren High Heels. Einigermaßen unbeachtet von den Blicken der anderen Gäste trug er sie ins Haus. Nur Diana entging sein Manöver nicht. Emma und er waren mehr als eindeutig ihr neues Projekt. Am liebsten wollte er sie erwürgen. Schwester hin oder her.

»Schlaf gut, Sweetheart!« Darauf bedacht Emma nicht zu wecken, trug er sie in ihr Zimmer und setzte sie auf ihrem Bett ab. Er löste vorsichtig ihren Schmuck und sah sie im Schlaf lächeln. Langsam zog er ihr Kleid aus und wünschte sich, er wäre blind, als ein schlanker Körper zum Vorschein kam, mit süßer Unterwäsche und einem transparenten BH, durch den ihre rosa Brustwarzen schimmerten. Er deckte sie leicht zu. Sie sah müde aus und er wünschte ihr eine erholsame, gute Nacht.

Mario wartete fünf Minuten, bis er sicher war,

dass Emma schlief. Stumm betrachtete er sie und verliebte sich in ihren kindlich-friedlichen Gesichtsausdruck. Immer wieder streichelte er ihre Wange und verteilte süße Küsse auf ihrem Gesicht. Dann schloss er leise die Balkontüren und ließ sie allein.

Mario gesellte sich wieder zu den anderen Gästen. Diana und ihrem fragenden Blick ging er jedoch aus dem Weg. Auch wenn er vielleicht Antworten hatte, er war noch nicht bereit, sie zu geben.

9

Handy? Handy! Das war ihr Handy! Und es klingelte. Emma zog sich schläfrig das Laken über den Kopf. Sollte der Anrufbeantworter rangehen! Wieder klingelte es. Okay, okay! Sie rappelte sich hoch, stutzte kurz über ihr Outfit, erinnerte sich dann in Überschallgeschwindigkeit an ihre Begegnung mit Mario und ging ran, um den lauten Rufton zu beenden.

»Ja, hallo? Ich bin da, ich bin da!« Sie reckte sich und tastete nach dem Lichtschalter.

»Hey, Baby!«

Emmas Magen verknotete sich sofort beim Klang der bekannten Stimme und sie rieb sich im Licht der Nachttischlampe ihre Schläfen, um schneller wach zu werden. »John, hier ist es bereits dunkel. Ich hab geschlafen. Was ist los?«

»Muss denn immer was los sein?«

Ja!, schrie ihr Innerstes. Das letzte Mal hatte sie John in den Armen einer anderen Frau gesehen, zuletzt gesprochen hatte sie ihn geschäftlich per Telefon. Sie setzte sich im Bett auf und zog sich das Laken fröstelnd ans Kinn.

»Danke für deine Zuarbeit. Du hast uns wie immer wirklich sehr geholfen.«

Emma schnappte nach Luft. »John, du klingelst mich nicht allen Ernstes mitten in der Nacht wach und führst ein sündhaft teures Ferngespräch, um mir das zu sagen?!«

»Bei uns ist es noch Tag.«

»Schön für euch!«, zischte Emma leise. Sie atmete tief durch und rieb sich die Stirn. Warum hatten sie nicht einfach Schluss gemacht wie normale Menschen? Nun bekam sie die Quittung für ihr Zögern. Während niemand sprach, wurde sie das Gefühl nicht los, dass das noch nicht alles war. Also wartete sie notgedrungen, stand auf, zog sich ihr richtiges Nachthemd an, öffnete die Balkontüren und atmete dankbar die kühle Nachtluft ein. Im Dunkeln erkannte sie die nun leere Bühne und quer stehende Tische. Niemand hatte sich die Mühe gemacht, die Reste der Party abzuräumen. Wie lange war sie wohl noch gegangen? Und hatte Mario noch einmal mit der Blondine getanzt? Hoffentlich nicht.

Dann nahm sich John endlich zusammen. »Emma, ich hab nochmal über alles nachgedacht. Über dich und mich.« Großartig, da waren sie ja schon zwei! »Ich liebe dich, Emma. Du fehlst mir.«

Die Intensität der Wut, die sie gerade fühlte, überraschte selbst Emma. So war das also, wenn jemand sagte, ihm platzte der Kragen? Ihr wurde heiß, sie zitterte am ganzen Körper und ihr Herz raste. Wie konnte dieses Arschloch nur so ein wunderschönes Wort wie *Liebe* in den Mund nehmen und daran nicht ersticken? Beim besten Willen, dazu konnte sie jetzt nichts sagen.

»Emma, Schatz, es tut mir wirklich so Leid. Ich habe einen Fehler begangen. Jetzt sehe ich es ein. Es wird nie wieder vorkommen. Ich verspreche es dir.«

Emma hörte nur halb zu. Diese gesäuselten Sätze hatte John ihr schon so oft heruntergebetet. *Wer einmal lügt, dem glaubt man nicht, auch wenn er dann die Wahrheit spricht.* Die alte Redewendung kam ihr plötzlich unendlich weise vor.

»Emma, bitte! Dieses Mal wird alles anders. Du bist mir wirklich wichtig. Du bist die einzige Frau, die ich wirklich liebe. Ich beweise es dir. Ich bin auf dem Weg. Ich komme. Ich nehme Anteil an deinem Leben, so wie du es immer wolltest. Dann können wir über alles reden und nochmal von vorne anfangen, Schatz.«

Stopp mal! Er würde was tun?! Spätestens jetzt

war Emma hellwach. »John, nein! Wag es ja nicht!« Emma konnte sich nur mit Mühe beherrschen. »Wir haben nichts mehr zu bereden. Du hast mich ausgenutzt und mit einem ganzen Bataillon an Frauen geschlafen. Nicht nur ein Seitensprung, John, Dutzende! Das muss ich dir doch nicht erzählen!«

»Aber, Schatz–«

»Nein, John, jetzt rede ich.« Emma atmete tief durch. »Ich verbiete dir, dass du kommst. Du hast mich unglücklich gemacht. Und jetzt erwartest du, dass ich dir einfach so verzeihe? John, dafür ist es zu spät! Dieses Mal ist es einfach zu spät. Hiermit löse ich unsere Verlobung. Das hätte ich schon viel früher machen soll. Es gibt nicht mehr uns, John. Es gibt nur noch dich und mich. Verstanden?« Emma bemühte sich möglichst leise zu sprechen, dabei war ihr danach, das ganze Haus zu wecken und laut um sich zu schlagen. Sie ging wieder ins Zimmer und setzte sich. Ihre Finger spielten mit einem Papiertaschentuch, das nun in Flöckchen vor ihr lag und sie nahm sich das nächste.

Auch John atmete tief durch. Scheinbar hatte er nicht mit Widerstand gerechnet und versuchte nun die aufkeimende Wut zu unterdrücken. Er hasste es zu verlieren. »Jeder verdient eine zweite Chance. Hast du das vergessen, Schatz?«

Nein, hatte Emma nicht. Nur in Johns Fall redeten sie nicht von einer zweiten, sondern mittlerweile von einer fünften Chance. »John, ich bin müde. Wenn du mit mir reden willst, dann machen wir das, wenn ich wieder zurück bin. Aber das ändert nichts an den Tatsachen. Es ist vorbei und wenn dir wirklich etwas an mir liegt, dann akzeptierst du das. Gute Nacht, John!«

Mit zittrigen Händen legte Emma auf und schaltete ihr Telefon stumm. Bestimmt würde John noch einmal anrufen. Er hatte schon immer seine Interessen im Sinn gehabt, nicht ihre. Und sie wollte seine Stimme nicht hören.

Wütend boxte Emma das Kopfkissen. Papiertaschentuchfetzen wirbelten durch die Luft. Sie legte sich wieder hin, doch sie konnte nicht schlafen. Heiße Wut pulsierte in ihren Adern und ihr Herz schlug, als hätte sie gerade an einem Marathon teilgenommen. Selbst das Rauschen des Meeres beruhigte sie nicht. Sobald sie die Augen schloss, hatte sie Johns Gesicht vor Augen. Eigentlich ein attraktiver Mann. Groß und schlank. Vielleicht etwas blass. Dunkle Haare und dunkle, wachsame Augen. Und auch eine dunkle Seele, wie sie erst nach und nach herausbekommen hatte. Was war in John gefahren, dass er plötzlich diesen Sinneswandel hatte? Die Frage beschäftigte sie mehr und mehr. Man lebte nicht mit jemandem jahrelang zusammen, ohne zu erkennen, wie er wirklich tickte. Irgendetwas musste passiert sein, wovon er erneut profitieren wollte. So war es zuvor immer gewesen. Die ersten Male hatte sie es nicht schlimm gefunden. Sie war verliebt gewesen und natürlich hatte sie ihrem Partner auch beruflich weiter geholfen. Dann hatte sich jedoch folgendes Schema etabliert: John begann eine Affäre, sie lebten sich auseinander, Emma kletterte eine Karrierestufe nach oben, John bat um Verzeihung, Emma ließ sich darauf ein, sie lebten wieder zusammen, Emma legte ein gutes Wort für ihn ein, brachte ihn ebenso voran und dann begann John wieder fremdzugehen. Dieses Mal nicht!

Leise stand Emma auf und fuhr ihren Laptop hoch. Die Technik klang überlaut in dem stillen Haus, doch nichts regte sich.

In ihrem Posteingang fand Emma schließlich die E-Mail, die Johns merkwürdiges Verhalten erklärte. Der Betreff lautete schlicht *Einladung*. Und die kam vom britischen Milliardär William Hansom, der für sein neuestes Shuttle-Projekt die besten Programmierer weltweit anheuerte. Unter anderem sie.

Oh! Mein! Gott! Ein dämliches Grinsen breitete sich auf ihrem Gesicht aus, als hätte sie soeben den Jackpot gewonnen. Das war ihr Ticket zurück in die Heimat, zurück nach Europa. Mit ihrem Look passte sie eh viel besser zu den Briten als zu den Amerikanern. Sie wäre wieder näher bei ihren Eltern. Kein Ozean würde sie trennen, nur ein bisschen Wasser. Sie musste nicht lange überlegen. Sie fühlte intuitiv, was sie zu tun hatte und schnell tippte sie: »Hey William, natürlich nehme ich deine Einladung an. Ich bin gerade in Europa und könnte am Montag bei dir vorbeikommen. CU, Emma.«

Senden!

Ungeduldig wartete Emma, bis die Nachricht verschickt wurde. Nur eine Minute später kam ein »Danke!« von einem offensichtlich schlaflosen William Hansom. Wahnsinn! Nun könnte sie den Weltraum erobern!

Emma schaltete den Laptop aus und ging erneut auf den Balkon. Das Universum funkelte sie an und beglückwünschte sie in dieser Nacht zu ihrer Entscheidung. Emma freute sich auf ihre Zukunft ohne John. Jetzt war sie erst recht aufgekratzt und an Schlaf war nicht zu denken. Wenn sie nur irgendwie ihre Gedanken ordnen könnte!

Emma tapste ins Bad und hielt ihr Gesicht eine ganze Weile unter kaltes Wasser. Dann stellte sie den Hahn ab und setzte sich an den Beckenrand. Sie war erschöpft, aber sobald sie die Augen schloss, wirbelten ihre Gedanken wieder chaotisch durcheinander.

Eine Bewegung aus den Augenwinkeln ließ Emma aufschrecken. »Mario? Sorry, ich wollte dich nicht wecken.« Langsam löste sie sich und suchte nach einem Handtuch zum Abtrocknen ihrer

Hände. »Ich bin gleich fertig.«

Sie drehte sich einmal um ihre eigene Achse und ihre Augen blieben an Mario hängen. Seine Boxershorts saß etwas tiefer und eine feine Haarlinie verschwand in ihnen vom Bauchnabel abwärts. Mit vor der Brust verschränkten Armen stand er lässig im Türrahmen. Seine Haare waren zerzaust und Emmas Finger brannten, weil sie ihn zu gerne berührt hätte. Und er grinste verschlafen.

»Schickes Nachthemd, Sweetheart.«

Emma zupfte an ihrem Flatterhemdchen und errötete leicht. Sie sah furchtbar aus, doch der Scherz zauberte ihr ein kleines, entspanntes Lächeln auf die blassen Lippen und Mario war erleichtert. Was trieb sie im Bad? Erst lief gefühlt stundenlang das Wasser. Die dann folgende Stille und die Tatsache, dass er nicht hörte, wie sie ihre Tür geschlossen hatte, hatten ihn noch mehr beunruhigt. Es war zwei Uhr nachts und so müde, wie Emma am Abend ausgesehen hatte, hätte sie komatös und problemlos bis in den nächsten Tag hinein schlafen sollen. Was war also los?

»Du kannst wohl vor Aufregung nicht schlafen, weil du weißt, dass ich neben dir bin, was?« Mario trat näher und hielt ihr ein flauschiges Handtuch hin. Wie ein kleines Kind reichte sie ihm ihre Hände und er rieb vorsichtig ihre Haut trocken,

Finger für Finger.

Und plötzlich wurde der schönste Moment seines Lebens noch schöner. Wie erweckt, regte sich Emma endlich, blinzelte verdutzt und legte ihre Arme ohne weitere Worte um Mario, als sei es das Selbstverständlichste von der Welt. Sie vergrub ihr Gesicht an seiner Brust und obwohl er es nicht sah, wusste er, sie lächelte.

»Was auch immer passiert ist, ich hoffe, es kommt noch öfter vor.« Ihre Haut fühlte sich heiß und kalt zugleich an. Er drückte sie stärker an sich und nahm zufrieden wahr, wie sie sich ebenfalls wand, um seine Haut möglichst überall auf ihrer zu spüren.

»Das passiert vielleicht schneller, als du denkst.«

Ihr Atem kitzelte beim Sprechen seine Haut und er seufzte. Was tat er hier? Er sollte sie schnell ins Bett stecken, beide Türen doppelt verriegeln und so weitermachen wie bisher. Aber er konnte nicht. Er legte seine Wange an ihren Kopf und verstand sich selbst nicht mehr.

»John hat mich angerufen. Er will mich sehen.«

»Dein Verlobter?« Mario versuchte weiterhin ruhig zu bleiben und schluckte schwer an den nächsten Worten. »Das ist doch gut. Es freut mich für dich.« Ihre Hände ballten sich hinter seinem Rücken zu Fäusten und ihr ganzer Körper spannte sich an, während Mario sich sofort entspannte und mit seinen Fingern über ihren schmalen Rücken strich. Er beugte sich tiefer zu ihrem Ohr und flüsterte: »Es sei denn natürlich, du willst nicht, dass er kommt.«

Ein gemurmeltes Nein ging in süßes Stöhnen über. Ihr Daumen fuhr über seine Brustwarzen. »Mein Ex-Verlobter«, klärte Emma ihn auf und dann sprudelte die ganze Geschichte aus ihr. Von ihrer Beförderung und ihrer Beziehung und den unzähligen Neuanfängen. Wie auch immer sie das anstellte, jede Berührung von ihr, raubte ihm dabei seine Sinne. »Manchmal wünschte ich, ich wäre ein Mann, Mario. Dann wäre die Welt nur halb so kompliziert und ich wäre nicht ein Opfer meiner Gefühle.« Sie rieb ihre Wange an seiner Haut, reckte sich und ihre nassen Lippen berührten seinen Nacken. »Und statt Streit zu schlichten, könnte ich Idioten wie John einfach eine runterhauen. So unter Männern, versteht sich.«

Wie konnte sie das sagen, wo sie an ihm herum spielte und seine Willenskraft aufs Äußerste herausforderte? »Ich bin ehrlich gesagt sehr froh, dass du es nicht bist.« Marios Fingerspitzen fühlten ihre Brustwarzen durch den dünnen Stoff. Sie wurden immer härter, so hart, dass sie perfekt waren, um an ihnen zu nuckeln, bis deren Besitzerin vor Lust schreien würde. Wenn sie ihren warmen Körper noch sehr viel länger an ihn pressen würde, dann würde sie wissen, was es hieß, ein Mann zu sein. Man war ein Opfer seines Penis, der – ob nun politisch korrekt oder nicht – auf alles reagierte, was der Neandertaler in ihm sexy fand.

»Lass uns schlafen gehen, Sweetheart, okay?« Vorsichtig hob er Emma hoch und trug sie ohne Wenn und Aber zu seinem Bett. Sie sagte nichts dazu. Keine Spitze, kein Protest. Sie schlüpfte unter sein Laken und seufzte selig. Er drehte sich zu ihr. Im Halbdunkel schimmerte ihr Haar geheimnisvoll und ihre müden Augen funkelten ihn verträumt an. Wieder leckte sie sich ihre Lippen und er wurde schmerzhaft hart. Leise schloss Mario alle Türen, löschte überall das Licht und krabbelte zu ihr.

Unter dem Laken tastete ihre Hand nach seinem Körper. Fordernde, neckende Finger brachten ihn zum Stöhnen. Sie glitten tiefer und machten auch vor seinem Schritt nicht halt. Mario zog scharf die Luft ein. »Du willst mich?«, fragte sie überflüssigerweise und er hatte eine Menge Arten im Kopf, wie er ihr das zeigen würde.

»Ja, ich bin auch nur einer dieser fiesen Männer«, knirschte Mario mit den Zähnen, dass sein Kiefer knackte. »Ich denke schon den ganzen Tag an nichts anderes, als mit dir anzustellen, wonach auch immer mir ist.« Und das bisschen Fantasie ließ ihn schwach werden.

Mario warf Emma auf den Rücken, packte ihre

sexy Finger, damit sie ihn nicht noch schlimmer folterten, schob ihr sein Knie zwischen die Beine und küsste sie so, wie er sie schon den ganzen Tag küssen wollte. Nicht nett. Nicht sanft. Sondern Besitz ergreifend und leidenschaftlich. Und er wurde noch härter, als sich ihr Körper unter ihm wand, ihre Finger sich in seine krallten und sie immer wieder überwältigt von dem, was sie fühlte, ihre Augen schließen musste. Ihre Hüften suchten seine Nähe. Ihre Lippen waren weich und süß und keine Spur unschuldig. Wie lange hatte er auf diesen Moment gewartet! Und er war besser als jede Fantasie. Wer auch immer dieser John war, es musste ein kompletter Idiot sein, wenn er diese Frau nicht wertschätzen konnte.

»Wusste ich es doch!«, murmelte Emma und verteilte statt Worten des Protestes prickelnde, lange Küsse auf seinem Nacken, die ihn noch härter werden ließen. »Du bist ein schamloser Aufreißer, Mario Torriani!«

Schwer atmend beugte sich Mario über Emma. Ihre Nasenflügel bebten, ihre Augen strahlten und stoßweise im Rhythmus ihrer sich aneinander reibenden Hüften keuchte sie. Bis er ihre Nässe an seinem Knie spürte. »Ich frage mich, wer von uns beiden hier gerade schamloser ist?« Dieses süße Biest zog einfach so ihre Augenbraue hoch, als wüsste sie nicht, wovon er sprach. Nur zu gerne half er ihrem

Gedächtnis auf die Sprünge. Seine Hand glitt zwischen ihre Beine und seine Finger rieben hart ihre nasse Scham. Großer Gott, da hatte er seine Antwort! Er könnte sie mit einem einzigen Stoß einnehmen. Ihr Körper bettelte ihn an. Sie biss sich selbst auf ihre Lippen und bäumte sich lachend auf. Schweiß glänzte auf ihrer Haut und das Flatterhemd klebte genau an den richtigen Stellen verführerisch durchsichtig an ihr.

»Ich glaube, ich träume das alles nur!«, flüsterte sie und ihre Worte gingen in ein süßes Stöhnen über. »Bitte lass mich noch nicht aufwachen, Mario!« Wusste sie, was sie ihm hier gerade antat? Obwohl er ihre Hände still hielt, ließ sich ihr Körper nicht bremsen. Ihre Lippen liebkosten nun seinen Hals und sein Ohrläppchen. Sehnsüchtig öffnete sie ihm ihre Beine und ihr Stöhnen raubte ihm den Atem. Mühelos glitt er mit zwei Fingern in ihre heiße Enge und spürte die Bewegungen ihres Beckens. Sie nahm ihn tief und zog sich wieder zurück, er brauchte gar nichts machen, sie nahm ihn, wie sie ihn brauchte und Mario stöhnte vor Anspannung, es ihr nicht gleich zu tun. Gierig saugte er an ihren geschwollenen Lippen und spürte ihren Atem in seinem Gesicht.

Himmel und Erde stünden ihm bei! Emmas Wangen hatten nicht nur deutlich mehr Farbe bekommen, sondern der neckische Glanz in den

Augen war zurück gekehrt. Sie stand kurz davor zu kommen. Mario musste kein Experte in Frauensachen sein, um die Zeichen richtig zu deuten. Aber sie würde ihn am nächsten Morgen verdammen, wenn er die letzten Zentimeter zurücklegen und sie erobern würde. Sie würde ihm vorwerfen, dass er ihre Situation ausgenutzt hatte und hätte er nicht auch genau das? Dafür war er zu sehr Experte in Sachen Emma Foresta, um das zu wissen. »Gefällt dir der Traum, Sweetheart?« Mario hatte sich entschieden.

»Mmhimmlich …«, seufzte sie. »Hör jetzt … nicht auf … Mario!«

Darum musste sie nicht betteln! Seine Hand tat alles, um sie zum Höhepunkt zu bringen. In ihrer Lust war Emma unglaublich. Und wie sie genoss, dass Mario sie ihr bereitete! Ihr Rücken streckte sich durch. Ihre Hüften drückten sich dringlich an seine Hand. Er ließ ihre Finger los. Sofort schlang sie ihre Arme um seinen Hals und zog ihn zu sich. Sie zitterte und küsste ihn. Im Spiel ihrer Lust spürte er genau, wie seine Hand sie immer erregter werden ließ. Dann kam sie. Sein Mund schluckte ihren erlösenden Schrei. Die Bewegung seiner Finger wurde langsamer und zärtlicher. Ihre heiße Scham pulsierte und ihre Muskeln zuckten erst hart und schnell, dann immer ruhiger und sanfter. Ihr Atem beruhigte sich, ihre verschwitzte Haut kühlte sich mehr und mehr ab.

Mario küsste ihre Schläfen und sah sie lange nachdenklich an: ihre lustvoll zusammengekniffenen Augen, ihre wilden Haare, ihre süßen Sommersprossen, ihr kleiner, runder Busen, der sich unter dem Nachthemd abzeichnete. »Es ist wirklich spät geworden. Versuch ein bisschen zu schlafen, Sweetheart.«

»Warum bist du nicht in mir gekommen?«, fragte sie im Halbschlaf, während sie sich an ihn kuschelte.

Puh, war Mario heiß! Und zu wissen, dass ihre Scham, die gerade noch von einem Orgasmus verwöhnt wurde, sich so nah an seinen Penis schmiegte, trieb ihm zusätzlich Schweiß auf die Stirn. Dennoch genoss er es. »Weil ich beginne, dich sehr gern zu haben.«

»Mmh«, murmelte sie, dabei war sich Mario sicher, dass Emma ihn schon nicht mehr hörte. Obwohl er immer noch hart war und er schwitzte wie in der Sahara, lächelte er plötzlich. Es war das erste Mal, dass er eine Frau in seinem Bett hatte und sich auf die nächste Nacht mit ihr freute. Und auf den Morgen. Und auf den Tag. Und es war das erste Mal für ihn, dass er mit einer Frau schlief, ohne mit ihr geschlafen zu haben, wenn er nur … er packte seinen Penis hart, rieb ihn und kam nach wenigen Augenblicken wie ein Teenager in seine Hose.

Herrlich!

10

»Mario?«

»Ja, Schwesterherz. Guten Morgen!« Mario ging ans Handy, setzte nebenbei Kaffee auf und stellte ein kleines Frühstück auf einem Tablett zusammen. Gäste liefen schnatternd durchs Haus, doch niemand wunderte sich über das Gedeck für zwei. Und wenn doch, so bestätigte das ja nur seinen Ruf, den er sich als Teenager erarbeitet hatte.

»Gottseidank, dass ich dich erreiche! Hast du Emma gesehen?«

»Wieso?« Ein Lächeln breitete sich auf Marios Gesicht aus, denn sie tauchte vor seinem inneren Auge auf. Entspannt hatte sie die ganze Nacht in seinen Armen gelegen und egal, wie heiß ihm gewesen war, er hatte ihre Nähe genossen und ihren gleichmäßigen Herzschlag wie ein leises Echo seines eigenen Herzens gespürt. Dazu hatte sich der Duft ihrer Haare und ihrer Haut in sein Gedächtnis eingebrannt. Jetzt wusste er, dass er vor fünfzehn Jahren das Richtige getan hatte. Sie hätte ihn sonst mit ihrem Charme hinter Gittern gebracht, denn von der süßen, mädchenhaften und minderjährigen Emma hätte er seine Finger nicht lange lassen können.

»Sie sollte hier sein, Mario!«

»Wo?« Er goss den Kaffee in eine Kanne um.

»In Sofias Boutique. Die Brautjungfern müssen noch ihre Kleider für heute bekommen.« Diana jammerte. Ihre Nerven schienen zum Zerreißen gespannt. »Ich weiß, du hasst diesen ganzen Hochzeitskram, aber bitte, finde meine noch beste Freundin a.k.a. erste Brautjungfer, bevor ich es mir anders überlege.«

»Das heißt, ich darf sie nun doch nerven?«

»Sehr gerne und für mich gleich mit!«

»Ay, ay, ich geb mir Mühe!« Mario legte auf und grinste, weil ihm diverse Einfälle kamen, Emma zu nerven. Er wollte zum Beispiel nochmal mit ihren Locken spielen. Es war erst kurz nach zehn Uhr. Der Brautladen war mit dem Auto fünfzehn Minuten entfernt. Also keine Eile, sie kämen eh zu spät. Mit Kaffee und Brownies betrat er wieder sein Schlafzimmer und sah Emma immer noch zwischen den weißen Laken friedlich schlummern. Kein

Wunder, sie war wirklich müde gewesen. Ihre Hand lang quer über seinem Kopfkissen, so als hätte sie nach ihm getastet. Leise stellte er alles ab und beobachtete, wie das Kaffeearoma ihr Näschen im Schlaf zum Leben erweckte. Er öffnete die schweren Vorhänge einen Spalt und sah, wie ihre Augenlider unter dem Sonnenlicht blinzelten. Dann blitzte ihn eine jadegrüne Iris verträumt an.

»Na, gut geschlafen, Sweetheart?«, fragte er und lächelte, weil sie gar nicht wie sonst üblich sofort zurückschoss, sondern sich begann, genüsslich zu strecken. Stückweise besiegte sie den Schlaf und mit einem Mal schien ihr alles wieder einzufallen. Sie schlug kindisch die Hände vors Gesicht.

»Sag mir, dass ich das alles nur geträumt habe!«, jammerte Emma und zog ihre Decke fester. Beziehungsweise seine Decke.

»Du willst doch nicht, dass ich lüge?«, entrüstete sich Mario und sah sie vorsichtig zu ihm hochluken. Gott, war sie süß!

»Steh ich jetzt mit einem Haken auf deiner Liste?«

»Wärst du es denn gerne?« Es musste wirklich an den Morgenstunden liegen, dass sie ihn noch nicht erwürgte. Sie dachte eindeutig über die Antwort nach, doch beides passte ihr scheinbar nicht. Würde sie ja sagen, würde sie nur Sex wollen und würde sie nein sagen, würde sie lügen, denn sie wusste noch ganz genau, was letzte Nacht passiert war. Ihm war ihr Schweigen nur Recht. Mario reichte Emma einen doppelten Cappuccino. »Widerstand ist zwecklos. Diana wartet auf dich. Du musst noch dein Brautjungfernkleid abholen. Und ich will ja nichts sagen, aber du bist spät dran.«

Der Kaffee mochte Emma nicht den richtigen Kick gegeben haben. Das Wort *Brautjungfernkleid* dagegen schon. Innerhalb von wenigen Millisekunden war sie hellwach.

Scheiße, scheiße, scheiße! Warum hatte sie denn keiner geweckt? Diana war bestimmt furchtbar sauer. Emma sprang aus dem Bett und hatte nicht mal Zeit, sich über Mario zu ärgern oder die letzte Nacht auszuwerten. Sie schnappte sich den Kaffee, kippte soviel, wie nur ging, im Laufen herunter, schüttelte sich, sprintete ins Bad, duschte in Rekordzeit, und schlüpfte dann in Jeans und Shirt. Sie versuchte ebenso in Rekordzeit ihre Haare irgendwie zusammen zu halten und gab es mit einem Blick auf die Uhr auf.

»Fertig! Wo ist der Brownie, den ich gerochen hab!«, stand sie wenig später wieder in Marios Schlafzimmer. Er grinste breit.

»Was denn? Ich weiß, wie ich aussehe, aber für Feinheiten gibt es ja die Signora im Brautmodenladen.« Emma sah sich suchend um und erspähte den begehrten Brownie. Seine Augen musterten sie weiter und registrierten jede ihrer Gesten scheinbar fasziniert. »Erde an Mario? Wir müssen los, du kennst doch Diana und den Weg. Also, hopp!« Was war denn in Mario gefahren, dass er nicht ein böses Wort verlor?

Emma schnappte sich ihr Handy und überging die vier unbeantworteten Anrufe von John. Nein, an ihn wollte sie gerade ganz sicher nicht denken. Sie wählte die Nummer der Braut. »Hi Diana, tut mir furchtbar leid, wir sind auf dem Weg … was? … ja … ja, ich habe einfach verschlafen, die Ruhe, das Landleben, die Meeresluft, ich fliege … nein, nicht wirklich, aber ich bin mir sicher, dass der Ferrari deines Bruders fliegen kann. Bis gleich!«

Wie auf ein geheimes Kommando hin war Mario aufgestanden und hatte Emma die Tür aufgehalten. Er war immer noch sprachlos angesichts dieser morgendlichen Naturkatastrophe. Im Ferrari klappte sie sich den Spiegel auf und begann ihr Make-up noch aufzulegen.

»Wer ist eigentlich ihr Trauzeuge? Macht das der Brautvater?«, fragte sie und versuchte doch noch ihre Haare in den Griff zu bekommen.

»Nein, das bin ich.«

»Du!« Emma verschluckte sich überrascht am Brownie und wischte ein Paar Krümel vom Schoß.

»Warum nicht?« Mario fuhr die Einfahrt herunter Richtung Boutique und klang etwas gekränkt.

»Du glaubst doch gar nicht an die Ehe!«

»Wer sagt denn so etwas?« Er schaute kurz zu ihr und dann wieder auf die Straße.

Gute Frage! »Du hast nie den Eindruck erweckt, als würde dir die *Glücklich, bis dass der Tod uns scheidet*-Nummer etwas bedeuten. Plus: Dein Ruf spricht Bände.«

»Menschen können sich ändern, Emma.«

»In hundert Jahren nicht!« Emma konnte es einfach nicht glauben, auch wenn sie die letzte Nacht und den vergangenen Tag so sehr genossen hatte. Selbst wenn sie aneinander gerieten, so wie jetzt, so hatte die Auseinandersetzung die Schärfe der Teenagerzeit verloren und die Prise einer anderen Zutat war zu spüren. Sie kämpfte weiter mit ihrer Frisur.

»Jetzt hör doch auf, an deinen Haaren herumzuzupfen! Sie sehen toll genug aus und ich bin mir sicher, dass Diana ganz eigene Pläne dafür hat.«

Stopp mal! Augenblicklich hielt Emma inne. Mario Torriani gefielen ihre Haare? Sie fand sie ja auch schön. Nur wirbelten sie immer recht eigenwillig in der Gegend herum und fürs Business oder eine Hochzeit mit der elfengleichen Diana war das nicht das Richtige.

»Ich wollte dich nicht verurteilen, Mario«, sagte sie schließlich versöhnlicher.

»Hier sind wir!« Mario ging darauf nicht ein,

doch selbst ein Blinder konnte sehen, dass seine gute Laune vom Morgen verflogen war und Emma fühlte sich mies. Er hielt vor einem kleinen Laden im Nirgendwo. Sie stieg aus und seufzte, als er ihren Blick mied. Vielleicht war sie der viel größere Angsthase von ihnen beiden? Bei dem Gedanken an Heirat machte ihr Herz Luftsprünge, aber ihr Magen verknotete sich unangenehm. Sie betrat den Laden und sofort kam Diana auf sie zugestürmt, packte sie und zog sie nach hinten.

Überall hingen und standen Abendkleider. Der Raum war mit zahlreichen Blumengebinden dekoriert, die einen schweren Blütenduft verbreiteten. Die anderen Frauen kicherten, drehten und wendeten sich bereits in ihren süßen, rosafarbenen Kleidern. Genau die Farbe, die sommersprossigen Rothaarigen besonders schmeichelte.

Aus den Augenwinkeln sah sie, wie Mario sich Kaffee geben ließ und es sich gemütlich machte.

»Schau mal! Ich möchte, dass du das hier anziehst.« Diana präsentierte ihr das Outfit und strahlte über das ganze Gesicht.

»Es ist grün.«

»Wie deine Augen, das wird großartig an dir aussehen!«, jubelte Diana.

»Bist du sicher?« So schön das Kleid auch war, Emma würde darin auffallen ohne Ende. An jedem anderen Tag gerne, nicht aber, wenn Diana im Mittelpunkt stehen sollte. Alle würden denken, sie hätte auf die Extrawurst bestanden. Sie seufzte.

»Komm schon, probier mal!« Dianas Begeisterung stupste sie Richtung Umkleidekabine. »Du musst erst das Korsett anziehen.«

Das was?! »Nie im Leben!«, protestierte Emma lautstark und merkte, wie die anderen ihre Köpfe zu ihr umdrehten.

»Aber sonst wird das Kleid nicht so toll sitzen«, jammerte Diana.

»Die anderen tragen doch auch keines, oder?«

Diana schüttelte den Kopf. »Bitte! Du musst es wenigstens versuchen!«

Dianas strahlende Augen flehten sie an. Es war ihre Hochzeit. Emma hatte versprochen, sie nicht zu ruinieren. Sie würde wahrscheinlich sogar in einem Müllsack auftreten, wenn es diese zierliche Frau vor ihr glücklich machen würde. Sie seufzte. Mist, warum konnte sie ihr auch nichts abschlagen? Emma ließ sich hinein stecken und stöhnte beim Festziehen der Schnüre. »Diana, ich krieg kaum noch Luft!«

»Ach, daran gewöhnst du dich schon! Nicht mit dem Bauch, sondern der Brust atmen. Das ist der Trick!«

»Meine Brust ist nicht mehr da, wo sie vorher war, wie soll ich dann dort atmen?«, knirschte Emma mit den Zähnen. Immerhin, das jadegrüne

Kleid glitt nur so über ihren auf Kleidmaße zusammengeschnürten Körper.

»Oh Emma, du siehst wunderschön aus!« Diana fächelte sich Luft zu und blinzelte sie verträumt an. »Mario, komm doch mal!« rief sie aufgeregt.

»Mario, komm bloß nicht!«, kreischte Emma warnend und merkte, wie ihr leicht schummrig wurde. Das Kleid klemmte ihr die Luft ab. Sie könnte sich darin weder bewegen, noch aufregen, gar nichts. Wie hatten das die Damen vor mehr als zweihundert Jahre gemacht? Aus den Augenwinkeln sah sie, wie die Brautjungfern auftauchten und ihr allesamt neidische Blicke zuwarfen. *Ladys, ihr fallt in euren Kleidern immerhin nicht in Ohnmacht!*, dachte Emma. Von Mario fehlte zum Glück jede Spur.

»Wo steckt er nur?« Diana war kurz abgelenkt, dann erinnerte sie sich an den letzten Akt. »Macht nichts, dann kümmern wir uns jetzt eben um deine Frisur«, kommandierte Diana.

»Was hast du vor?« Emma wusste zwar, dass ihre Mähne nicht herzallerliebst war, doch dass sie so gar kein Mitspracherecht genoss, verärgerte sie.

»Vertrau mir, du wirst großartig aussehen!«

Daran zweifelte sie keine Sekunde, aber wäre sie danach noch sie selbst? Emma schaute zu den anderen Brautjungfern und bemerkte erst jetzt, dass alle Schmuck in den Haaren trugen: kleine Perlenketten, die auch die Braut tragen würde. Was sollte sie dagegen einwenden? Sie begab sich in die Hände der Haarstylistin und ließ sich möglichst ohne Murren an den Haaren herumziehen. Immerhin müsste diese Dame ganze Arbeit leisten, um ihr Chaos auf dem Kopf zu bändigen und sie hätte eine Sorge weniger.

»Mario beobachtet dich«, flüsterte ihr Diana plötzlich mit einem Lächeln zu.

»Und grinst bestimmt ganz gemein. Na super.« Auf diese Information hätte Emma auch verzichten können.

Diana schaute wieder kurz zu Mario. »So kenne ich meinen Bruder gar nicht«, murmelte sie. »Er sieht eher verliebt aus.«

Emma musste laut husten und nahm schnell einen Schluck Wasser. »Wenn, dann in den hochgesteckten Busen«, grummelte sie und verkniff sich jede weitere Spitze. Puh! Das Kleid erschwerte das Atmen und das Aufregen. Also sollte sie es besser sein lassen. Dass Mario sie jedoch beobachtete, beschäftigte ihre Gedanken mehr als sie erwartet hätte. Hatte er sich vielleicht wirklich geändert? Oder war er nicht so, wie sie ihn in jener Nacht erlebt hatte?

»Aua!«, schrie Emma überrascht, als die Stylistin erneut an ihren Haaren zupfte.

»Bleib tapfer!« Diana tätschelte ihr die Schulter.

Bleib tapfer? Leichter gesagt als getan! Während

das Kleid binnen Minuten saß, dauerte selbst für den Profi der Kampf mit Emmas Haaren ewig. So lange, dass die anderen Brautjungfern sich schließlich verabschiedeten und sich zurück zum Anwesen kutschieren ließen. Es war längst Mittagszeit und Emmas Magen knurrte nach dem kleinen Brownie zum Frühstück unwillig.

»Wer schön sein will, muss leiden«, kommentierte die Signora die Prozedur. Emma meinte etwas Genugtuung in der Stimme mitschwingen zu hören. Also schaute sie flehend zu Diana. Auch deren Magen knurrte.

»Okay, okay, ich bin eine schlechte Gastgeberin. Vielleicht kann uns mein Bruder etwas holen.«

»Er ist immer noch hier!« Überrascht schnappte Emma nach Luft. Doch eine Antwort erhielt sie nicht. Diana verschwand für fünf Minuten aus ihrem Blickfeld und kam unerwartet verärgert schauend und ohne Essen zurück.

»Süße, Philipp hat mich gerade angerufen. Die Gäste fragen nach mir. Kannst du mich entbehren? Mario besorgt gerade was zum Essen für dich und er würde dich nachher wieder zurück fahren. Ist das okay für dich?«

»Sicher.« Emma nickte vorsichtig, um die Signora nicht mehr als nötig bei ihr Arbeit zu behindern. Sie bekam eine schnelle, dankbare Umarmung von Diana und dann war sie ganz allein den Händen der Stylistin ausgeliefert. Für zwanzig weitere schmerzhafte Minuten.

»So, fertig! Bitteschön!« Die Signora reichte Emma einen Spiegel.

»Wow!«, hauchte Emma. Beeindruckt berührte sie vorsichtig ihren Kopf. Ihre Haare wanden sich so, als seien sie für die Frisur gemacht. Sie glänzten bezaubernd und die Perlen funkelten edel und erhaben. Keine einzige Strähne hing verkehrt. »Mario!« Das musste er sehen. Dann sollte er nochmal ein falsches Wort über ihre Haare sagen!

»Signor Torriani ist noch nicht zurück.«

»Ach so?« Wieder knurrte Emmas Magen und sie streckte sich, so gut es das Kleid erlaubte. Als ihr Handy klingelte, stutzte sie.

»Hi Papa, was ist los? Hab ich was bei euch vergessen?«

»So könnte man es auch nennen.«

Der merkwürdige Tonfall ließ Emma sofort inne halten. »Geht es euch gut? Ist etwas passiert?« Sie versuchte einen Platz etwas abseits der neugierigen Ohren der Haarstylistin zu finden.

»Du hast uns gar nicht erzählt, dass du verlobt bist.« Emmas Stirn legte sich in Falten und sie versuchte ruhig zu bleiben, während sie weiter zuhörte. »Ein John Williams ist hier soeben aufgetaucht und umgarnt gerade deine Mutter.«

»Mist! Er tut was?!« Mehr brachte Emma fassungslos nicht zustande. Wie konnte John es wagen?! Glaubte er wirklich, sie ließe sich so umstimmen?!

»Du kennst ihn also?«

»Kann man so sagen.« Emma schluckte schwer. »Es ist kompliziert, Papa. Seit einigen Jahren.« Sie konnte und wollte ihren Eltern jetzt erst recht nicht erzählen, wie es um sie und ihr Liebesleben stand. Von der eigentlichen Ver- und Entlobung ganz zu schweigen.

»Dachte ich es mir doch.« Emma hörte ihren Vater durch das Telefon hindurch lächeln und war froh, dass er sie angerufen hatte. Er verstand sie auch ohne viel Gerede und hielt John garantiert nicht für den richtigen Partner für seine selbstbewusste Tochter. »Deine Mutter hat ihm bereits die Adresse von Diana gegeben. Er wird gleich fahren und wird noch heute Abend ankommen.«

Emma wurde übel. »Danke, Papa, dass du angerufen hast. Ich hab dich lieb.« Emma legte auf. Die Wut der letzten Nacht packte sie erneut. Hilflosigkeit und das Wissen, dass die ganze Sache nicht gut enden konnte, gesellten sich dazu. In diesem Kleid, noch dazu völlig unterzuckert, würde sie das alles zusammen umbringen!

Emma schwankte. Sterne tanzten vor ihren Augen. Ihr Herzschlag beschleunigte sich rasant. Das Geplappere der Signora verstand sie tatsächlich nicht mehr. Sie brauchte Luft. Sofort! Wie kurz vor dem Ersticken hechtete sie in dem voluminösen Kleid auf die Straße. Es ging um Leben und Tod! Verzweifelt fing Emma an, an dem Korsett herum zu fingern, doch sie bekam gerade einmal die oberste Öse auf. Wie funktionierte das Ding? Was hatte ihr Diana nur angezogen? Die Erde drehte sich und sie ließ sich auf den Boden sinken.

»Pscht! Beruhige dich, Sweetheart! Alles ist gut. Atme ganz ruhig durch!«

Jemand lockerte das Korsett immer weiter, rieb ihre Haut, die rote Abdrücke hatte. Emma bekam langsam wieder herrliche, frische Luft. Ihr Dekolleté hob und senkte sich schnell. Sie klammerte sich an den anderen und langsam kehrte das Leben zurück zu ihr. Ein zusammenhängender Satz gelang ihr allerdings noch nicht.

»Siehst du, halb so schlimm! Alles in Ordnung. Ich bin da. Alles gut.« Zwei Arme hielten sie.

Langsam realisierte Emma, wer das war und lehnte sich erschöpft gegen den vertrauten Körper. »Mario Torriani, der Retter der Frauen!« Emma musste schmunzeln.

»Nur, wenn die Gerettete ihren Helden auch dankbar umarmt und küsst.« Seine Lippen waren an ihrem Ohr und Emma atmete erleichtert seinen Duft ein. Sie wandte ihren Kopf zu ihm und sah Mario lächeln, während die Sonne ihm ins Gesicht schien. Seine Finger berührten ihre Stirn, strichen vorsichtig über ihre Wange und fühlten schließlich über ihre Lippen. Wie konnten sich all diese Gesten so wunderbar anfühlen? Woher kam dieser Zauber, der sie immer packte, sobald sie alleine zusammen waren?

Mario zog sie enger an sich und seine Nähe gab Emma neue Kraft. Ihre Hände glitten über seine Brust und legten sich um seinen Nacken, fühlten den leichten Schweißfilm an diesem Sommertag. Mario beugte sich tiefer und sie hob gleichzeitig ihr Kinn. Die Welt um sie herum spielte keine Rolle mehr. Wahrscheinlich lag es an zu wenig Sauerstoff. Wahrscheinlich daran, dass sie unterzuckert war. Wahrscheinlich daran, dass sie einfach nicht an John denken wollte. Oder daran, dass Mario eben Mario war. Sanft suchten ihre Lippen nach seinen und gerade diese winzigen Berührungen fühlten sich vollkommen an.

»Bedanken sich dich Damen so bei dir?«, neckte ihn Emma.

»Ja, das ist ein Anfang!«

Emma schnaubte empört und biss ihn leicht. Ein Anfang?! Na warte! Aus dem sanften Berühren ihrer Lippen wurde gieriges Verlangen.

Mario lachte. »Nein, Sweetheart, jetzt weichst du vom Protokoll ab. Die Damen sind normalerweise zurückhaltender.«

»Und das ist es, was du willst?« Emma presste ihre Hüften an Marios Körper und suchte seine Nähe. Sie bekam gar nicht mehr genug von diesem Mann. Je öfter sie ihn berührte, desto mehr wollte sie ihn. Sein Mund war nur der Anfang.

Marios Hand wanderte unter ihr Kleid. »Das weißt du ganz genau.« Ihr Zungen neckten sich und ihre Münder tauschten Seufzer der Lust aus.

»Ti amo!« Wildes Hupen und Grölen aus einem vorbeifahrenden Wagen brachen den Bann. Emma berührte ihre geschwollenen Lippen, hielt ihr halboffenes Kleid und wich auf dem staubigen Boden zurück.

»Hast du ein Glück, Emma Foresta. Glaube mir, es wird der Moment kommen, wo dich nichts mehr retten wird.«

Emma blinzelte benommen. Wenn es nach ihrem Körper ging, rettete sie bereits jetzt nichts mehr. Sie glühte. »Was heißt hier, *nichts mehr rettet*?! Du hast mich tatsächlich rumgekriegt!«

»Wenn ich mich recht erinnere, dann hast du mich zuerst geküsst, Sweetheart. Also wenn, dann hast du mich rumgekriegt.« Mario half ihr hoch und entstaubte die Stofflagen.

Mehrfach schnappte Emma empört nach Luft. Sie funkelte Marios zufrieden grinsenden Mund an und müsste etwas sagen. Aber so umnebelt war ihr Verstand nun doch nicht. Sie wusste, dass er Recht hatte. Sie hatte ihn geküsst. Aus freien Stücken. Außerdem knurrte wieder ihr Magen. Und sie hielt immer noch das Kleid, damit sie nicht nackt vor ihm stand.

»Was hältst du davon, wenn ich dich wieder … anziehe.« Mario begutachtete ihr Kleid und wie durch ein Wunder sah man ihm den Zwischenfall nicht mehr an. Außer, dass es noch offen war.

»Das ist sicherlich eine völlig neue Erfahrung für dich.« Emma nickte und ging so würdevoll wie möglich zurück in die Boutique.

»Darauf kannst du wetten.« Mario grinste breit und folgte ihr. »Und dann geb ich dir was zum Essen. Ich hab uns Baguettes besorgt.«

Wie gut sie das fand, beantwortete ihr Magen, der erneut verräterisch grummelte. »Ich würde sagen, das fällt unter Bauchentscheidung!« Sie sah sich drinnen um. Keine Spur von der Signora. Perfekt! Wortlos schnürte Mario das Korsett wieder zu und richtete das Kleid. Keiner von beiden sprach, um schnell fertig und nicht erwischt zu werden. Dabei fühlte es sich unglaublich sinnlich an, von einem Mann angekleidet zu werden. »Das wiederholen wir!«, erklärte Emma, als Mario fertig war.

»Okay, das wiederholen wir gerne«, bestätigte Mario und platzierte einen Kuss auf die weiche Haut ihres Nackens. »Obwohl ich ein Fan der anderen Variante bleibe.«

Beide grinsten, als die Signora mit tausend Fragen im Gesicht auftauchte, doch keine Geste und keine Falte im Kleid verriet das Drama, das sich gerade abgespielt hatte.

»Wir fahren jetzt los. Diana hat schon nach uns gefragt, Sofia«, erklärte Mario der Dame und begleitete Emma nach draußen.

»Richtig«, sprach Emma. »Nicht, dass Diana noch denkt, wir hätten uns … gestritten.« Mario hielt ihr die Wagentür auf und sie stieg mit all ihren Stoffschichten ein.

»Oder wir würden … die Hochzeit ruinieren«, ergänzte Mario und reichte Emma amüsiert lachend das Baguette. »Willst du mir sagen, was vorhin los war?«, fragte Mario, nachdem sie den Parkplatz verlassen hatten und zurück zur Villa fuhren.

Noch vor einem Tag hätte Emma lieber Seife in den Mund genommen, statt mit Mario ihre Probleme zu diskutieren. Nun war sie erleichtert, dass sie jemanden in die herannahende Katastrophe einweihen konnte und überlegte, wie sie am besten beginnen sollte. Emma schaute nach draußen auf die von Weinbergen geprägte Landschaft und das glitzernde Meer. Sie entschied sich für die nüchterne Wahrheit. »Mein Ex-Verlobter John ist auf dem Weg hierher.«

»Das ist doch gut, oder?« Plötzlich klang Mario distanzierter.

Emma versuchte ruhig zu bleiben. »Ich weiß nicht. Nein, ich denke nicht. Es ist vorbei. Zumindest hatte ich das gedacht.« Sie seufzte. Mario war früher ganz genauso gewesen. »Warum könnt ihr Männer ein Nein nicht einfach mal akzeptieren?«

»Manchmal rechtfertigt der Preis die Mittel.«

Das Gefühlschaos verursachte Emma Kopfschmerzen. Sie wollte kein Preis sein. Sie wollte nicht einmal erobert werden. Sie wollte doch nur jemanden, der so empfand wie sie. Und John gehörte nicht in diese Kategorie. Sie hatten es schon so oft versucht und sie glaubte einfach nicht daran, dass sich etwas ändern würde. Nach einer kurzen Pause fragte sie mehr sich als Mario: »Woher weiß man, ob es ein Fehler ist?«

»Wenn man beginnt, darüber nachzudenken«, antwortete Mario ohne zu Zögern.

Emma lehnte ihre Stirn an die Scheibe. Wenn dieses Kriterium auf alles im Leben zutraf, dann wusste sie eines sicher: Mario war ganz sicher kein Fehler. Denn zu keiner Zeit hatte sie über das Wir, das sie zusammen ergeben würden, einen Gedanken verschwendet. Sie beide waren einfach, was sie waren. Und wie sich seit kurzem zeigte, war das ziemlich gut.

11

Wieder zurück herrschte auf dem Anwesen emsige Geschäftigkeit. Alles war für die bevorstehende Trauung vorbereitet. Zahlreiche Gäste waren in der Zwischenzeit angekommen, hatten sich im Garten versammelt und tauschten Neuigkeiten aus. Kellner liefen immer wieder mit vollen Tabletts beladen mit Sekt hin und eilten mit leeren Tabletts zurück ins Haus.

Emma traf auf der Terrasse auf Ina und Stephano, Freunde der Familie, die sie ewig nicht mehr gesehen hatte und nun umarmte. Ihre Kinder rannten wild zwischen den Stühlen hin und her. Beinahe rissen sie die Tische mit sich mit.

»Sofie, vorsichtig! Du wirst noch hinfallen!« Ina seufzte.

»Sie sind groß geworden«, lachte Emma und setzte sich.

»Das bist du auch«, sagte Stephano. Emma zog fragend eine Augenbraue hoch. »Ich wollte nur sagen, du siehst großartig aus. Wann haben wir uns zuletzt gesehen?«

»Da waren die beiden noch Babys«, erinnerte sich Emma. »Und längst nicht so wild unterwegs. Was kriegen die denn bei euch zu essen?«

Alle Erwachsenen lachten, während die Kinder misstrauisch zu ihnen lugten. »Sie haben Ferien und es gibt nichts Langweiligeres als Pflichtveranstaltungen«, entschuldigte Ina ihre Rabauken.

Emma schaute sich um. Also hier auch nur einen Tag verbringen zu müssen, wäre ihr als Kind wie das Paradies auf Erden vorgekommen. Sie würde durch das Riesengrundstück streunen, den Schuppen untersuchen, den Jungs hinterher spionieren, Schaukeln bauen, Blumen pflücken. Sie lächelte. Moment mal, hatte sie das nicht alles mit Diana getan?

»Du siehst verliebt aus.« Ina nippte an ihrer Coke Zero.

»Ich habe nur an damals gedacht«, wiegelte Emma schnell an und ließ sich die Sonne ins Gesicht scheinen. »Ich fand es hier immer wahnsinnig spannend. Du weißt ja, ich und Diana, wir waren unzertrennlich …«

Mario tauchte nun ebenfalls in Festtagsgarderobe auf und setzte sich dazu.

Ina nickte: »Ja, zusammen ward ihr richtig wild. Euch konnte nichts und niemand etwas verbieten. Stimmt denn sogar die Story, dass ihr einmal eine ganze Nacht draußen verbracht habt?«

Bei der Erinnerung legte sich ein leises, wissendes Lächeln auf Emmas Lippen, aber sie schwieg dazu. Diese Nacht würde sie ihr Leben lang nicht vergessen. Der Sturm, die gruseligen Geräusche, der Regen und der Moment, als Mario sie im Dunkeln angesehen hatte. Sie hatte die Kraft seines Blickes gespürt, so wie gerade jetzt auch. Damals wusste sie nicht, was zwischen ihnen passierte. Die Gedanken, die ihr durch den Kopf gegangen waren, waren alle neu gewesen. Sie hatte Dinge gefühlt, die sie zuvor nicht gekannt hatte. Sie war verwirrt gewesen. Heute sah Emma alles klarer: Sie hatte sich in diesem Augenblick in Mario Torriani verliebt. Das musste es gewesen sein. All die erst dann heftig folgenden Streitigkeiten ergaben plötzlich Sinn. Und all die Wut, die sie immer wieder gespürt hatte, wenn er erst mit irgendeinem anderen Mädchen und später mit irgendeiner anderen Frau ausgegangen war.

Emma spürte Marios Blick und hatte das Gefühl, er las ihr jeden einzelnen Gedanken vom Gesicht ab. Doch obwohl sie nun endlich wusste, was sie fühlte, war sie sich in Bezug auf Mario nicht sicher.

Er war älter und dachte vielleicht ganz anders über diese Nacht.

Ein lauter Platsch holte Emma in die Gegenwart zurück. Die kleine Sofie war mit allen Sachen in den Pool gefallen und strampelte wild im Wasser. Großer Gott! Innerhalb von Sekunden waren alle auf den Beinen, eingeschlossen Mario, der ohne zu zögern ins Wasser sprang und das unglückliche Mädchen heraus fischte.

Kaum war die Kleine hustend an Land, da fing Ina an mit ihr zu schimpfen. Doch damit machte sie alles nur noch schlimmer. Nach dem ersten Schreck rollten immer mehr Tränen über Sofies Wangen.

»Alles ist gut, Sofie!« Da Ina immer noch ihrem Ärger Luft machte, kniete sich Emma vor das tropfende, zitternde Mädchen und nahm es beruhigend in ihre Arme. Sofort suchte Sofies Körper ihre Nähe. Mario reichte Emma ein Handtuch und sie wickelte die Kleine ein. »Nicht doch weinen, Prinzessin! Dir ist niemand böse. Es ist doch gar nichts passiert. Schh-schh-schhh.« Emma warf Ina einen wütenden Blick zu.

»Also wirklich, Sofie, dich kann man nicht einmal allein lassen! Ich hab dir vorhin schon gesagt, du sollst aufpassen!«

»Tut mir Leid, Mama«, piepste die Kleine und schniefte wieder. Ihre winzigen Hände klammerten sich immer noch an Emma.

»Ach, ist doch alles halb so schlimm. Komm mit, Prinzessin! Wir schauen mal, ob Tante Diana nicht ein anderes Kleid für dich hat«, sagte Emma aufmunternd. Ohne auf weitere Einwände zu warten, schnappte sie sich das Mädchen und verschwand im Haus. Um solche kleinen Dramen kümmerte sie sich nur zu gerne.

Marios Augen folgten ihnen. Sofie war mit ihren neun Jahren kein Fliegengewicht mehr, dennoch trug sie Emma ohne eine Mine zu verziehen. Sie strich ihr immer wieder über den Rücken und funkelte Ina böse an.

Sofies Mutter wirkte immer noch genervt. »Super, und wo ist nun der andere Racker hin?« Doch statt ihn zu suchen, ließ sie sich wieder erschöpft in den Schatten fallen, als wäre die ganze Aufregung ihr zuviel.

»Es ist doch alles gut gegangen«, sagte Mario beschwichtigend und erntete dafür einen merkwürdigen Blick von Ina.

»Das sagst der, der hier tropfnass vor uns steht. Schau mal, das Chlorwasser hat deinen Anzug ruiniert!«

Mario zog erstaunt die Augenbraue hoch und betrachtete seine aufgeweichte Gestalt. Sie hatte Recht, aber sein Anzug war gerade seine geringste Sorge und sollte auch nicht ihre sein. Was war das nur für eine Mutter?! »Wenn du Diana siehst, sag ihr bitte, ich zieh mich gerade um, okay? Ich bin gleich wieder da.«

»Sicher, und mach die Rechnung für deine Sachen fertig. Das kann die Versicherung bezahlen.«

Mario winkte ab. Auf das Geld verzichtete er nur zu gerne. Oben im Zimmer schlüpfte er in einen Bademantel, um nicht noch mehr Pfützen im Haus zu hinterlassen. Dann klopfte er an die Badezimmertür. Niemand meldete sich. Also ging er herein. Die Tür zu Emmas Zimmer stand noch einen Spalt breit offen. Sie mussten schon gebadet haben, denn ihr Duschgelaroma hing in der Luft, zusammen mit einer großzügigen Portion ihres Parfums. Er stellte sich in ihren Türrahmen und sah den beiden Damen, der großen und der kleinen, eine Weile zu.

Sofie hatte wieder etwas Farbe im Gesicht – allerdings nicht nur von selbst. Sie saß dort in einen viel zu großen Bademantel eingewickelt. Ihre Haare lockten sich niedlich und kleine Schleifchen unterstützten den Prinzessinnen-Look. Nach dem Lidschatten und dem Rouge war Emma gerade dabei, Lipgloss auf Sofies kleine Lippen zu tupfen.

»Siehst du, Prinzessin, jetzt bist du die Schönste!« Die Mine des kleinen Mädchens hellte sich weiter auf und auch Emma grinste breit und zufrieden mit ihrem Werk.

»Aber hier laufen doch gar keine Prinzen herum!«, hickste Sofie.

»Das weißt du doch nicht! Märchenprinzen tauchen immer genau dann auf, wenn man am wenigsten mit ihnen rechnet.« Emma kämmte vorsichtig die Haare der Kleinen. »Ich hab außerdem gehört, dass Justin und Elias kommen. Wer weiß …«, ermunterte sie Emma.

»Wer sind Justin und Elias?«, piepste das kleine Mädchen.

»Die Kinder von Senta. Du kennst doch Tante Senta, oder?« Die Kleine nickte. »Siehst du. Dann musst du auch nicht mit deinem dummen Bruder spielen. Was hältst du davon?«

Die Kleine lächelte glücklich und ihre Augen wurden größer. Sie hatte Mario entdeckt und flüsterte Emma etwas ins Ohr. Er sah auf die Distanz sofort an Emmas Haltung, dass der Kommentar ihn betroffen haben musste. Leichte Röte bildete sich in ihrem Nacken und auf ihrem Hals und sie drehte sich mit der Kleinen um.

»Wie lange stehst du schon da?«, fragte sie und vergewisserte sich, dass auch der Lipgloss auf den Lippen der süßen Prinzessin perfekt saß.

»Ich weiß nicht …« Er lächelte seltsam selig. »Alles okay bei euch?«

Emma nickte. »Ich warte auf irgendeine der zig Haushälterinnen von Diana. Sie meinte, sie hätte noch Kinderkleider von ihr. Sie müsste eigentlich jeden Moment kommen. Und selbst? Dein Anzug sah übel aus.«

»Hm … dann werde ich wohl Diana im Bademantel vor den Altar führen, oder?« Er poste scherzhaft und sah Emma daraufhin offen und frei lächeln, nicht so angespannt wie sonst, sondern … konnte es sein? … voll Liebe. Marios Pulsschlag beschleunigte sich. So wie sie dort mit Sofie saß, immer ein Teil ihrer Aufmerksamkeit bei dem Kind. Sie sollte … sie würde … er konnte es nicht denken, nicht vor ihr. Genau in dem Moment rettete ihn das Dienstmädchen. Sie präsentierte eine ganze Palette an Kleidern und die Frauen verwiesen Mario lautstark des Raums.

Doch auch unter der Dusche entkam Mario Emma und ihrem Zauber nicht. Überall standen ihre Dosen, Näpfe und Wässerchen. Er wusste, wie all die Dinge auf ihrer Haut rochen. Und er sah sie immer wieder mit dem kleinen Mädchen vor sich, was so unerwartet war, weil er Emma nur als Wildfang kannte, sie aber nie als Muttertyp gesehen hatte. Und dann manifestierte sich der Gedanke plötzlich ohne sein Zutun: Wie würde Emma aussehen, wenn sie sein Kind in ihren Armen halten würde? Was wäre, wenn sie ihn immer so anschauen würde wie eben? Mario schluckte und drehte das Wasser kälter.

»Sie ist verlobt, du Idiot!«, fluchte er. Oder exverlobt. Was spielte es für eine Rolle, wenn der Kerl clever genug war, einmal um die Welt zu reisen, um bei ihr aufzuschlagen? Und was auch immer zwischen ihr und Mario existierte, war wohl nur dem Zauber des Wochenendes geschuldet. Emma würde ganz sicher nicht ihr Leben mit ihm verbringen wollen.

Aus dem Bad hörte er beide Damen kichernd das Zimmer verlassen. Die Kleine fragte nun lautstark seine Schwester, ob die Prinzen schon angekommen wären. »Lass uns nachschauen!«, rief Emma aufgeregt und alle drei lachten.

Auf Marios Lippen schlich sich ebenfalls ein Lächeln. Fünf Minuten später gesellte er sich umgezogen in eine dunkle Hose und ein weißes knitterfreies Hemd zu den Gästen. Von der kleinen Sofie fehlte jede Spur, dafür stach ihm sofort wieder Emma in ihrem traumhaft grünen Kleid ins Auge. Soeben waren die letzten Gäste angekommen und damit sich alle begrüßen konnten, hatte Emma dem Paar ihr schreiendes Baby abgenommen.

So lange wie möglich beobachtete Mario sie unbemerkt. Emma wiegte das Baby sanft und flüsterte beruhigende Worte. Sie kitzelte die kleinen, süßen Füße, krabbelte den Bauch und zog ziemlich dämliche Fratzen, über die sowohl der kleine Zuschauer als auch er schmunzeln mussten. Schließlich lächelte sie breit, als das Kleine sie mit großen, staunenden Kulleraugen anschaute, nach ihrer Kette griff und genüsslich am Anhänger nuckelte.

»Vielleicht solltest du den Beruf wechseln!« Mario kam auf Emma zu und hatte ein merkwürdiges Grinsen auf dem Gesicht.

»In deinen Träumen, Mario! Ich liebe meinen Technikkram über alles.« Sie wiegte das Kleine und rückte den winzigen Sonnenhut vorsichtig zurecht. Nach all der Aufregung schlummerte der Wonneproppen nun friedlich.

»Du würdest bestimmt eine Wahnsinnsmutter abgeben.«

Emma hatte sich wohl verhört! Sie starrte Mario eine Weile lang an. Er schien das ernst zu meinen. Sehr ernst.

»Komm, ich nehm dir den Kleinen ab. Diana hat extra ein Kinderbettchen vorbereiten lassen.«

Emma war viel zu überrascht, um dem irgendetwas entgegenzusetzen. Selbstsicher nahm ihr Mario das Baby aus den Händen und knuddelte es behutsam. Sie musste schlucken. Das Kleine lag friedlich in Marios riesigen Armen und griff im Schlaf nach seinem Zeigefinger. Es wirkte beschützt gegen alles Böse der Welt und Emmas Herz schlug schneller.

»Jetzt denkst du darüber nach, oder Sweetheart?«, flüsterte Mario ihr leise zu. Mit einem Taschentuch wischte er ihr Babyspucke von ihrem

Anhänger.

»Worüber denke ich nach?«, fragte Emma verwirrt zurück.

»Das weißt du ganz genau. Ich sehe es in deinen Augen.«

Emma kniff ärgerlich ihren Mund zusammen. Wenn sie eines immer noch nicht konnte, dann ein gutes Pokerface ziehen und wenn es um Mario ging, schonmal gar nicht. »Und wie denkst du darüber?«

»Ich denke natürlich auch darüber nach.« Marios Augen wanderten langsam einmal abtastend über ihren ganzen Körper, als hätte der irgendetwas mit seinen Überlegungen zu tun. Dann verschwand er mit dem Baby Richtung Gästezimmer.

Erschöpft rieb sich Emma die Stirn. Worüber zum Teufel dachte Mario nach? Und worüber dann wohl sie? Im Geist ging sie alle Momente mit ihm durch. Dann dämmerte es ihr langsam: Sie hatte ihn als Vater gesehen. Ganz plötzlich. Und die Vorstellung war schockierend gewesen. Sie hatte ihn gesehen … als den Mann ihrer Kinder, ihren Mann, ihren … und er sie ebenso … als seine Frau … großer Gott, was auch immer hier mit ihnen passierte, wenn die Hochzeit vorbei wäre, würde sich ihr Hormonhaushalt hoffentlich wieder normalisieren und alles wäre wie früher. Das, was hier passierte, konnte einfach nicht sein! Emmas Herz mochte noch so sehr darauf bestehen und sich mit jeder Minute mehr in Mario verlieben, ihr Verstand weigerte sich schlichtweg.

12

»Es geht los, Emma!«

Glücklich und ergriffen musterte Emma ihre beste Freundin Diana und tupfte sich verstohlen ein paar Tränen aus den Augenwinkeln. Das bodenlange Hochzeitskleid war mit feiner Spitze überzogen und Perlen verziert. Diana trug ein wunderschönes Collier passend zum Ausschnitt des Kleides und ihre Augen funkelten so aufgeregt, wie nie zuvor. Emma umarmte ein letztes Mal die ungebundene Frau und atmete dann tief durch. »Du siehst wunderschön aus, Diana. Philipp kann sich so glücklich schätzen!« Und mehr brauchte Diana nicht, um breit zu lächeln und sich zu entspannen.

Beide trennten sich und Emma nahm in der Kirche neben dem Traualtar ihre Position ein. Sie beobachtete Philipp, der angespannt mit dem

Kiefer knackte und musste lächeln. Sollte es nicht genau so sein? Dort stand der Mann, mit dem Diana den Rest ihres Lebens verbringen würde. Er würde sie lieben und ehren. In guten wie in schlechten Zeiten. Er würde sie beschützen und verteidigen. Er würde sie beraten und auf Händen tragen. Und sie immer wieder lieben, lieben, lieben. Emma bekam eine wohlige Gänsehaut angesichts dieses Versprechens.

Dann erklang Orgelmusik, die schweren Holztüren öffneten sich und Diana erschien am Arm ihres Bruders Mario. Auch er schaute ungewohnt ernst und konzentriert. Außerdem wirkte er stolz, seine Schwester vor den Augen aller durch die Menge zu führen. Dianas Finger krallten sich in seinen Arm. Sie hatten beide viel zusammen erlebt, doch nun würde ein anderer Mann auf sie aufpassen.

Elegant und mit einem wohlwollenden Nicken überreichte Mario die Braut an Philipp. Dann stellte er sich nur wenige Zentimeter von Emma entfernt auf. Die Zeremonie begann und sie hätte nun zum Brautpaar schauen müssen, doch ihr Blick haftete auf Mario. Wie sicher er dort stand! Wie zufrieden er schaute! Der weiße steife Kragen an seinem gebräunten Hals. Dort wo sie ihn geküsst hatte.

»Wer hat die Ringe, bitte?«

Ein Räuspern und Raunen ging durch die

Reihen.

»Die Ringe?«

Mario drehte sich plötzlich zu ihr um und lächelte sie an. Nicht dieses spielerische Grinsen, sondern ein warmes, wissendes Lächeln, als hätte er ihren Blick schon die ganze Zeit gespürt und als sei das aus irgendeinem Grund völlig okay. »Die Ringe, Emma!«

Oh! Mist! Endlich kapierte Emma, dass alle auf ihren Einsatz warteten. Sie warf Mario einen letzten Blick zu und spürte, wie ihr die Röte in den Nacken kroch und wie einige Gäste der ersten Bankreihen wissend tuschelten. Schnell huschte sie zum Brautpaar und hielt das Kissen mit den zwei schlichten goldenen Ringen hin. Sie ignorierte Marios Blicke und konzentrierte sich auf die strahlenden Gesichter des Brautpaares, die den Fauxpas gar nicht zu bemerken schienen.

»Somit erkläre ich Sie beide zu Mann und Frau.«

Emma trat einen Schritt zurück und eine Welle glücklicher Erleichterung und Freude breitete sich durch das Kirchenschiff aus.

»Sie dürfen die Braut nun küssen!«

Ergriffen und unendlich neidisch verfolgte Emma diesen Augenblick.

»Hier!« Überrascht sah sie zur Seite. Mario reichte ihr ein Taschentuch und dankbar tupfte sie sich die Augen. Dass ausgerechnet sie so emotional werden würde, hätte sie nie gedacht! Aber Diana war eben nicht irgendeine Freundin sondern fast so etwas wie ihre Schwester.

»Sie sehen wunderschön zusammen aus«, murmelte sie.

»Mmh. Für immer.« Auch Mario war glücklich.

Was war das nur mit Hochzeiten, dass sie einen emotional so mitnahmen? Nicht verärgert, sondern dankbar nahm Emma wahr, wie Mario seinen Arm um sie legte und zögernd tat sie das Gleiche und hielt sich an ihm fest.

»Nicht, dass du mir umkippst, Sweetheart! Du weißt doch, wir sollen nicht Dianas Hochzeit ruinieren!« Seine Hand strich über ihre Schulter.

Die Spitze reichte aus, um Emmas Kreislauf in Schwung zu bringen und ihn anzufunkeln. »Na wie gut, dass wir uns nur noch wenige Stunden an den Waffenstillstand halten müssen. Das werden wir wohl schaffen.«

»Das kommt darauf an.« Seine dunklen Augen brannten mit solch einer Intensität, dass Emma intuitiv schluckte. Sie sah Mario fragend an. An ihr konnte er schlecht etwas auszusetzen haben. Keine unordentlichen Haare, keine Zahnspange, kein schlecht sitzendes Kleid. Und er würde doch niemals die Hochzeit seiner Schwester stören, nicht nachdem er sie so glücklich zum Traualtar geführt hatte.

»Meinst du, das hier ist erlaubt? Ich will das nämlich schon die ganze Zeit.«

Emma begriff immer noch nicht, was Mario meinte, bis er ihr Kinn hob. Und dann spielte es keine Rolle mehr, was Diana dazu sagen würde. Sie sah in seine dunkelblauen Augen und hatte das Gefühl, sie schaute in ein Stück des Nachthimmels, der damals über ihr ausgebreitet war, dunkel, geheimnisvoll, wild und ungestüm. Sobald seine Lippen auf ihre trafen, vergaß sie jeglichen Einwand. Genau genommen vergaß sie sogar, wo sie war, wer alles um sie herum stand und welche Aufgabe sie eigentlich zu erfüllen hatte. Sein Rücken, seine Schultern, sein Nacken, fühlten sich sexy an. Ihre Finger fuhren sehnsüchtig in seine Haare und die Wärme zwischen ihren Beinen und das Kribbeln auf ihrer Haut wusste sie sehr wohl zu deuten. Ihr Körper machte einfach, was er wollte und sie ließ ihn gewähren, ungewiss, wann es wieder so einen Moment geben würde.

»Das meinte ich.« Mario ließ sie mit einem Lächeln in den Augen los und die Umgebung tauchte langsam wieder um sie herum auf. Hatte er den Verstand verloren?! Was hatte er getan? Und was sie?!

»Ihr seid nun auch soweit?«, fragte Philipp belustigt und legte den Arm um seine Braut. Er schaute zwischen beiden hin und her und immer noch etwas benommen nickte Emma.

Entsprechend dem Protokoll folgten erst Emma und Mario, dann die weiteren Brautjungfern und schließlich der Rest der Kirche dem Brautpaar nach draußen und dann weiter zur Villa. Reis und Blumen flogen durch die Luft und obwohl es gar nicht Emmas Hochzeit war, legte sich ein breites Dauergrinsen auf ihr Gesicht. Fotos wurden geschossen, endlose Gratulationen folgten und Marios wich nicht von ihrer Seite. Nun wusste es jeder. Sie hätte nie gedacht, dass sich das so gut anfühlen würde.

»Alle ledigen Frauen bitte sammeln!«, tönte jemand über die Menge hinweg.

Mario ließ sie los. »Ich glaube, damit bist auch du gemeint.«

Emma verdrehte die Augen und versuchte sich davonzustehlen. »Ich mag das nicht.«

»Aber ich möchte den Spaß unbedingt miterleben. Also los, fang den Brautstrauß!«

»Und dann?« Emma hatte Schmetterlinge im Bauch.

»Dann solltest du heiraten. Das ist der Brauch.« Mario ließ sie los und schubste sie sanft in die Richtung der Traube an aufgetakelten Damen. Die älteste war Rentnerin, die jüngste vier Jahre alt. Mehrmals drehte sich Emma um, doch dann verlor sie Mario aus den Augen. Sie dachte an John und daran, dass sie ihn sich nie in einem Frack und in einer Kirche vorgestellt hatte. Sie dachte an Mario und wusste, dass ihre Zweifel schmolzen.

»Huch!« Plötzlich schoss der Brautstrauß auf sie zu und Emma blieb nichts Anderes übrig als ihn zu fangen. Blütenblätter zerstoben in alle Richtungen, doch als sie ihre Augen wieder öffnete, hielt sie den Strauß, der seltsamerweise perfekt zu ihrem Kleid und zu ihren grünen Augen passte, in beiden Händen.

»Glückwunsch!«, tönte es von allen Seiten. Sie wurde umarmt. Einige lachten und der eine oder andere Mann zwinkerte ihr zu. Diana nickte zufrieden und küsste Philipp. Keine Frage, dieser Programmpunkt war nach ihrem Geschmack verlaufen. Doch eine Person fehlte dabei plötzlich. Emma drehte sich immer wieder um die eigene Achse und ihre Augen suchten in der Menge der Gesichter ein ganz bestimmtes. Je weniger sie es fand, desto mehr verblasste ihr Lächeln auf dem Gesicht und desto mehr machte sie sich frei von all den Frauen, die um sie herum standen und aufgeregt auf sie einredeten. Er hatte sie doch zu diesem Blödsinn gezwungen. Wie konnte er dann ausgerechnet jetzt abhauen? In diesem Augenblick? Wo alle den Kuss gesehen hatten? Und ihre Traumblase zum Platzen bringen? Von Mario fehlte jede Spur.

Enttäuschte Tränen stiegen Emma in die Augen, dabei war das doch Blödsinn: Sie hatte es gewusst, von Anfang an. Mario hatte wieder nur mit ihr gespielt, meisterhaft, wie sie ihm zugestehen musste.

13

»Wenn das mal nicht ein gutes Zeichen ist, Schatz!«

Emma fuhr herum und starrte John an, der sich ihr Beifall klatschend durch die Menge näherte. War er also tatsächlich gekommen? Ausgerechnet jetzt. Wie konnte er es wagen?!

Den Moment, den Emma brauchte, um sich zu sammeln, nutzte John. Er zog sie zu sich, schloss sie in seine Arme und küsste sie, beziehungsweise, presste seinen nassen Mund auf ihre zusammengekniffenen Lippen.

»John, lass das!«, zischte Emma und befreite sich aus der erzwungenen Umarmung. Sie wischte sich mit dem Handrücken über ihre Lippen und schüttelte sich angewidert.

»Du bist immer noch sauer auf mich, Emma? Ich bin hier, Darling, weil ich dich zurück haben will. Ganz der weiße Ritter, den du immer gesucht hast. Was gefällt dir daran denn bitte nicht?«

Alles! John trat einen Schritt näher und Emma wich zurück. Er packte sie und hinderte sie am Weglaufen. Emma knirschte mit den Zähnen, weil sie keine Szene auf Dianas Hochzeit machen wollte, und versuchte zu lächeln. Um sie herum tuschelten die Leute. Keine Frage, warum. Sie waren Zeuge geworden, wie sie Mario Torriani in der Kirche vor dem Altar geküsst hatte. Nun tauchte plötzlich dieser andere Mann auf und ließ sie als jemanden dastehen, der mit jedem herumknutschte. Nicht gut. Wie kam sie aus dieser Nummer wieder raus? »John, ernsthaft, so geht das nicht!«

Johns Blick bohrte sich stumm in ihren. Er maß sie ab und dann bildete sich ein unbekanntes Grinsen auf seinem Gesicht, das nichts Gutes verhieß. »Emma, Emma, Emma! Dass ich es nicht gleich gesehen haben!« Er schnalzte mit der Zunge. »Diesen Gesichtsausdruck kenne ich doch aus meinem eigenen Spiegelbild.« Er packte siegessicher lächelnd ihr Kinn und drehte ihren Kopf schmerzhaft hin und her. »Schuldgefühle. Ein schlechtes Gewissen. Unsicherheit … Hast ausgerechnet du etwa eine Affäre?!«

»Wie bitte?!« Langsam kroch Emma die Röte den Hals hoch. »Nein! Ich meine … das geht dich gar nichts an …« Hatte sie ein Affäre? Konnte man das so nennen? Oder war nicht eher John ihre Affäre gewesen in der Beziehung, die sie mit Mario führte, seit sie dreizehn war? Endlich entdeckte sie Mario. Er sah ziemlich fertig aus, die Ärmel waren hochgekrempelt und sein Blick sprühte Funken in ihre Richtung. Mist, was hatte sie nun wieder angestellt? Er war schließlich abgehauen! Hilfe! Sie atmete tief durch: »John, ich habe dir gesagt, du sollst nicht kommen.«

»Und ich wollte dich überraschen. Dir zeigen, wie wichtig du mir bist. Mit dir reden.«

»All das kommt zu spät. Das habe ich dir bereits gestern am Telefon gesagt.« Emma wollte keine Szene machen. Sie mochte sich in John getäuscht haben, aber das war kein Grund, plötzlich gemein zu werden. Sie war immer für Fairness gewesen.

»Aber Emma! Die Nacht mit Clarissa hat mir wirklich nichts bedeutet!«

»Sprich bitte leiser, John!« Emma sah sich um. Immer mehr Leute warfen ihnen neugierige Blicke zu. Wahrscheinlich würde auch gleich Diana um die Ecke geschossen kommen. So sehr konnte sie gar nicht im Hochzeitstaumel schwelgen, dass ihre Antennen diese negativen Schwingungen nicht auffingen.

»Wozu soll ich leiser sprechen?« John redete immer lauter, überschwenglich an sein Publikum aus Schaulustigen und Sensationslüstigen gerichtet.

Oh nein! John musste getrunken haben, und zwar ordentlich. Außerdem war er ein schlechter Verlierer und würde nicht kampflos aufgeben und gehen.

»Emma, ich liebe dich, selbst als ich mit Samantha zusammen war. Die ganze Zeit habe ich nur an dich gedacht. Auch bei Monica.«

»Das will ich mir nicht mal vorstellen! John, hör auf damit! Du machst dich lächerlich!« Emma versuchte äußerlich ruhig zu bleiben. Innerlich kochte sie jedoch und das war in dem engen Kleid keine besonders gute Idee.

Plötzlich wurde John ruhig und das gefiel Emma noch weniger. Er musste bemerkt haben, dass er mit der üblichen Masche dieses Mal nicht davon käme. Dennoch sah er nicht so aus, als wäre er bereits fertig und würde sich wie ein Gentleman zurückziehen. Er mochte ruhig wirken, doch seine Halsschlagader pochte heftig.

»Du wirst mich also nicht heiraten, Emma Foresta?« Die Schärfe in seiner Stimme ließ nichts Gutes erahnen.

»Nein, John. Ich werde dich nicht heiraten. Es wäre das Beste, wenn du jetzt gehst.« Wie rief man den Sicherheitsdienst? Emma sah sich Hilfe suchend um, aber die Gäste hatten scheinbar genauso schnell wieder das Interesse verloren, wie die Unterhaltung leiser geworden war. Alle bis auf einen. Mario. Wenn er wirklich ihre Gedanken lesen konnte, dann wäre jetzt der richtige Moment um einzugreifen.

John fing laut an zu lachen, aber niemand hatte einen Witz gemacht. »Oh Emma, wir waren so ein tolles Team. Jeder hat das gesagt. Doch was wussten die schon?!«

»John, hör auf!«, zischte Emma.

Sein Lachen besagte das Gegenteil. »Ja, wer wollte nicht alles mit dir ins Bett! Mit einer Rothaarigen! Wo sich alle Welt immer fragt, ob deine Haare zwischen den Beinen genauso wild sind!«

Wie bitte?! Verzweifelt packte Emma ihren Exfreund am Arm. Wenn sonst niemand eingriff, dann müsste sie ihn eben selbst zur Tür bugsieren und auf die Straße setzen. Sie würde das schon schaffen. Sie war Superwoman, wenn es darauf ankam.

John krakelte weiter herum. »Du solltest mir dankbar sein, Emma!« Er lachte boshaft. »Ich habe niemandem verraten, wie langweilig du im Bett bist.« Seine Hände packten grob ihren Po und Emma schluckte ängstlich. »Jede meiner kleinen Nutten war geiler als du, aber sie hatten alle nicht deine Beziehungen, Emma. Nur du hast das Gesamtpaket, offensichtlich heiße Hüften und ein Händchen für Geschäfte. Ist die Welt nicht ungerecht?!« Ja, das war sie definitiv, denn womit sie diese Szene verdient hatte, wusste sie nicht. Sie schwankten und Emma atmete schwer. Vor Ekel drehte sich ihr der Magen um, aber sie hatten endlich die Eingangshalle erreicht und führten dieses Fiasko nicht vor versammelter Mannschaft auf. Wo zum Henker steckte der Sicherheitsdienst?

»Aber vielleicht muss man dich nur mal so richtig hart rannehmen!« Kräftiger als erwartet, drückte John sie plötzlich an die Wand.

Ihr entschlüpfte ein überraschter Schrei. *Bleib ruhig!*, ermahnte sie sich, weil sie immer weniger Luft im Kleid bekam.

»Küss mich schon, du kleine Nutte! Lass mich ein letztes Mal deinen sexy Mund mit diesen geilen, vollen Lippen kosten!« John hatte ihr Gesicht gepackt, presste seinen Mund auf ihren und biss sie. Emma schrie vor Schmerzen.

»LASS SIE LOS!«

Mario griff endlich ein und packte John am Revers. Lachend ließ der von Emma ab. Keine Frage, ein Streit mit einem Typen war ihm mehr als recht.

Sekunden später hatte John ein blaues Auge. Einen weiteren Schlag später platzte Marios Augenbraue als Revanche auf. »John, hör auf! Was soll das denn?« Emma gab einem der Dienstmädchen ein Zeichen, endlich Hilfe zu holen, während die Männer sich weiter prügelten.

»Ich finde, ich bringe endlich jede Menge Licht ins Dunkel und stelle hier einiges klar.« John holte wieder aus, musste einen weiteren Schlag einstecken und wehrte sich daraufhin noch vehementer. »Ist das der Typ, wegen dem du mich verlassen hast?«

»Das geht dich gar nichts an!« Emma hätte genauso gut ja sagen können.

»Ich hoffe für ihn, der Sex ist besser.«

Nun knallte Mario ihm eine. »Das geht dich gar nichts an!« Okay, auch er hätte nicht deutlicher sagen können, dass er Emma sexy fand.

Ihr Ex-Verlobter lachte wieder, obwohl er einen ordentlichen Schlag kassierte. Er wischte sich etwas Blut aus den Augenwinkeln. Beide Männer umrundeten sich finster. »Weiß er, dass er auch nur ein Spielzeug für dich ist? Weiß er, dass er ebenso zur Ersatzbank gehört? Und dass auch er dein Herz nicht besitzen kann?« John lachte schallend und hustend. »Weil es bereits jemand anderem gehört?!«

Was redete John für einen Unsinn? Wenn, dann war dieser jemand Mario und genau der kniff nun misstrauisch die Augen zusammen. Klasse!

»Ja, Emma, am Tag mochtest du nicht fremd gegangen sein, jede Nacht passierte es jedoch wieder und wieder. Du hast im Schlaf gesprochen und deine süßen Lippen verrieten deine wahren Gefühle. Welcher Mann wäre da nicht fremd gegangen?« John verpasste Mario wütend ein Veilchen auf sein Veilchen.

Nein, das hatte sie nicht getan! »Sicherheitsdienst!« Sie rief noch lauter. Emma schluckte, denn natürlich kannte sie ihre Träume nur zu gut. Träume, die ihr immer wieder vor Augen gehalten hatten, dass John nicht der Richtige war. Träume, die es ihr schwer gemacht hatten, sich wirklich auf ihn einzulassen.

Wieder schlug John zu. »Vergiss sie besser, Kumpel! Wer solche Träume hat, liebt nur den Einen.«

»Wen?«, fragte Mario zwischen zusammen gebissenen Zähnen und starrte Emma an.

»Machiavelli! Machiavelli! Machiavelli!« John imitierte ihre Stimme und ihre stöhnenden, flüsternden, bettelnden Laute.

Er machte alles kaputt! Alles! Blind vor Wut stürzte sich Emma auf John und trommelte mit ihren Fäusten auf ihn ein. Er sollte still sein. Wie konnte es das nur jemandem verraten? Ohne je mit ihr darüber gesprochen zu haben! Wie hatte er sich an ihren Träumen aufgeilen können, ohne ihr ein Wort zu sagen! Wie hatte er wissen können, wonach sie sich sehnte und es ihr dennoch verweigert!

Woah! Ein gezielter Schlag stoppte sie und sie taumelte verdutzt zurück. Vorsichtig tastete sie nach der schmerzenden Stelle, während die Männer wieder miteinander rangen.

»Auseinander!« Emma sah den Sicherheitsdienst und die Polizei anrücken. Sie trennte beide. Alle redeten schnell durcheinander, dass sie nicht verstand, was geschah. Mit Erleichterung stellte sie jedoch fest, dass John abgeführt wurde.

Schwer atmend versuchte Emma sich wieder in den Griff zu bekommen und schaute besorgt zu Mario. Er blutete stark an der Augenbraue. Es war die gleiche Stelle, wo sie ihn vor Jahren getroffen hatte. Dann musste er ihren Blick gespürt haben.

»Ich kann es nicht glauben, dass du mit diesem Arschloch auch nur eine Nacht zusammen verbracht hast!« Er schüttelte den Kopf und ließ seiner Verachtung für Emma freien Lauf. »Aber wie gut zu wissen, dass du eigentlich jemand anderen liebst.« Mario maß sie einmal von Kopf bis Fuß ab. Jede Schramme und jeder Kratzer schienen ihm gerechtfertigt. Er rieb sich das Kinn und sah so aus, als wollte er auf noch mehr einschlagen. Immer wieder Kopf schüttelnd wimmelte er all die besorgten Leute ab und trat den Rückzug an. In der ersten Etage knallte wenig später eine Tür.

Emma blieb kraftlos auf dem Boden sitzen. Sie zitterte vor Wut und Enttäuschung. Marios anklagender Blick tat mehr weh als ihre geschwollene Wange. Dass er keine Erklärungen hören wollte, trieb ihr die Tränen in die Augen. Sie wollte, dass er lächelte, dass er sie in den Arm nahm und sich ebenfalls umarmen ließ. Und dass alles wieder gut wäre. Sie wollte seinen Körper spüren und wissen, dass ihm nichts fehlte. Stattdessen hockte sie auf kalten Marmorfliesen in einem viel zu schönen und viel zu engen Kleid und spürte nichts mehr. Jeden, der sie besorgt anredete, schickte sie weg. Konnte man sie nicht einfach in Ruhe lassen?

»Emma, du kannst nicht ewig hier sitzen bleiben.« Diana kniete in ihrem schönen, makellosen Hochzeitskleid vor ihr und Emma konnte sie nur mit Tränen in den Augen anschauen. Diana hielt ihr besorgt ein Taschentuch an die Wange und Emma nahm es ihr ab.

»Ich wollte dir nicht die Hochzeit ruinieren, ehrlich!« Emma sah sich an. Von dem schönen Kleid war nicht mehr viel übrig. Merkwürdigerweise schimpfte Diana gar nicht, sondern nahm sie in den Arm. »Ich mach dein Kleid schmutzig!«, schniefte Emma, konnte jedoch nicht anders, als Diana zu umarmen und ihr Gesicht an ihrer Schulter zu verstecken.

»Oh Emma! Ich hatte ja keine Ahnung!« Diana hatte sich offensichtlich alles erzählen lassen. Und sie war der einzige Mensch, der wirklich wusste, was das zu bedeuten hatte. Machiavelli war der Spitzname gewesen, den sie ihrem Bruder verpasst hatten, um über ihn zu sprechen, ohne dass er es je erfahren würde. »Möchtest du darüber reden?«

Emma schüttelte den Kopf. Was gab es dazu noch zu sagen? Es war vorbei. Langsam löste sie sich von ihrer besten Freundin, stand vorsichtig auf und wartete, bis die Welt um sie herum nicht mehr schwankte. Sie musste hier weg, je schneller desto besser.

Diana sah ihrer besten Freundin nach und konnte sich trotz all des Dramas ein zufriedenes Lächeln nicht verkneifen. »Genau das hat Mario auch gesagt.« Als er mit seinem dicken Auge vor ihr gestanden hatte. Dass es ihm Leid tat, dass ihre Hochzeit nun zerstört war.

Philipp schloss seine Braut in die Arme. »Du bist ihnen nicht böse?«

»Ich bitte dich! Sie sind wie Kinder! Wer kann ihnen denn so etwas übel nehmen? Außerdem habe ich einen Plan.«

Diana legte ihren Finger verschwörerisch auf die Lippen und bedeutete Philipp leise zu sein und ihr zu folgen. Sie schnappte sich den Generalschlüssel für die erste Etage und schlich zu den Suiten.

Kopfschüttelnd sah ihr Philipp zu. Diana führte geräuschlos den Schlüssel ins Schloss und versperrte zuerst Emmas Tür. Dann huschte sie nach links zur Suite ihres Bruders und verschloss auch die. Den Schlüssel packte sie in ihr Abendtäschchen.

»Schau nicht so, Philipp! Das hätte ich schon vor Jahren machen sollen.«

14

Halb blind vor Tränen stürmte Emma ins Bad und stoppte auf dem Absatz. Mario saß auf dem Wannenrand und klebte sich gerade ein weiteres Pflaster auf die Stirn. Sie schluckte und atmete tief durch. Das war immerhin auch ihr Bad und sie hatte alles Recht der Welt, hier ebenfalls zu sein.

Vor den Spiegel tupfte sie mit einem Lappen etwas Blut an ihrer Wange ab.

»Lass mich mal schauen!« Mario stand plötzlich hinter ihr.

»Nein! Finger weg!« Stur wand sich Emma ab. Von dem Mann, von dem sie seit Jahren träumte. Gekränkte Tränen schossen ihr in die Augen und sie blinzelte sie schnell weg. Vorhin hätte sie ihn gebraucht, wie die Luft zum Atem. Nun zitterte sie nur, aber sie würde ganz gut alleine klar kommen.

Das war sie schon immer.

»Emma, bitte! Du bist doch sonst nicht so!«

»Ach, wie bin ich denn sonst?«, fragte Emma giftig zurück und rechnete nicht mit einer Antwort.

»Lustig.«

»Na großartig. Lustig? Genau das, was ich immer sein wollte. Ein Clown!« Emma packte die Pflaster weg und zerrte an ihrem Kleid. Sie konnte es nicht mehr sehen. Die ganze Hochzeit war ein Fehler. Sie hätte wissen müssen, dass Mario auch hier wäre. Was hatte sie sich gedacht, wie es wäre? Dass Träume wahr wurden wie in einem Märchen? Dass Mario und sie dort weitermachen würden, wo sie vor fünfzehn Jahren aufgehört hatten? Nur plötzlich als Erwachsene? Sie hätte nicht kommen sollen.

Emma ließ Mario einfach stehen, schaute sich suchend im Zimmer, sammelte ihre Sachen zusammen und wollte dann mit Sack und Pack nach draußen stürmen.

»Aua!« Emma war gegen die Tür geknallt und rieb sich ihre Hand. Sie klinkte erneut. Schließlich rüttelte sie an der Klinke. Das durfte doch nicht wahr sein! »Diana!« Sie brüllte aus Leibeskräften, aber niemand meldete sich. Dann eben anders. Ohne Ankündigung stürmte sie in Marios Zimmer.

»Was zum–?!« Weiter kam Mario nicht, da klinkte Emma bereits wie eine Furie an seiner Tür. Ebenfalls verschlossen.

»Ich fass es nicht! Das kann nicht wahr sein! Wer benimmt sich nun kindisch, sie oder ich?« Aufgebracht lief Emma im Zimmer auf und ab und versuchte nun doch das Kleid abzulegen. Das war garantiert auch Teil von Dianas Verschwörung! Erneut bekam sie es nicht geöffnet. Ihr wurde schwindelig und das ärgerte sie nur noch mehr und führte dazu, dass sie sich noch elender fühlte.

»Wenn du endlich mal still hältst, dann kann ich dir helfen!«

Das leuchtete selbst Emma ein. »Sie hat uns eingesperrt, Mario, wie soll ich da still halten? Sie spinnt wohl! Sind denn alle verrückt geworden? Dich eingeschlossen! Wie konntest du nur einfach so abhauen! Wie konntest du dich auf John stürzen! Wie konntest du nur–«

»Und wie kannst du so jemanden nur ernsthaft verteidigen!«, unterbrach sie Mario und seufzte. »Nun komm endlich her, damit du aus dem Kleid herauskommst, ehe du mir gleich umkippst!«

Widerwillig blieb Emma stehen und spürte Marios Hände. Die vertraute Berührung jagte ihr Schauer über den Rücken und ihre Nackenhärchen stellten sich wohlig auf.

»Findest du mich denn so abstoßend?«

Seine Worte trafen Emma und sie zuckte zusammen. Darüber musste sie nicht lange nachdenken. Sie schüttelte augenblicklich den Kopf. »Du weißt, dass das nicht stimmt.«

»Ich weiß gar nichts mehr.« Seine Hände sanken nach unten. »Fertig, Emma.«

»Danke.« Ohne ihn anzuschauen, hielt sie sich das halb offene Kleid und raschelte in ihr Zimmer. Für eine Diskussion reichte ihre Kraft nicht mehr aus. Sie fühlte sich wieder wie das kleine Mädchen von damals, hilflos und verletzlich und ungeahnt überfordert mit der ganzen Situation. Sie hatte das Bedürfnis, einfach die Decke über den Kopf zu ziehen und darauf zu hoffen, dass die Monster von alleine verschwinden würden.

In Unterwäsche wickelte sich Emma in die kühlen Laken. Ihr Kopf hämmerte. Die Gedanken wirbelten wild umher. Was war da eben überhaupt geschehen? John hatte eine Szene gemacht und etwas verraten, was sie Mario gerne mit einem Lächeln und mit der Sicherheit, dass er es verstand, selbst gebeichtet hätte. Nach all den Jahren wurde das mehr als Zeit. Mario hatte sie offensichtlich verteidigen wollen, was eigentlich ziemlich süß war. Bis er erfahren hatte, dass ihre Träume sich um einen Machiavelli drehten und er ohne ein Wort zu sagen abgehauen war. Zum zweiten Mal an einem Tag übrigens, wie sie sich erinnerte. Alle drei hatten sie eine gehörige Tracht Prügel, Schrammen und blauer Flecken eingesteckt und nun lag alles in Scherben.

Es klopfte leise an ihrer Verbindungstür zum

Badezimmer. Emma ignorierte das Geräusch und vergrub sich weiter unter ihrer Decke. Vor ihren geschlossenen Augen sah sie Marios überraschten und verletzten Blick und sie fühlte sich dafür verantwortlich. Ebenso, wie sie sein Veilchen und die Kratzer, die er von John kassiert hatte, ihrem Konto gutschrieb. Sie wusste gar nicht, warum sie plötzlich weinte. Sie verstand sich selbst nicht mehr. Die Masse an Gefühlen setzte sie völlig außer Gefecht.

Wieder klopfte es, dieses Mal lauter. »Emma, geht es dir gut?«

»Hau ab, Mario! Lass mich allein!«, rief sie zickig. Emma war sich nicht sicher, wie es jetzt weitergehen würde, mit ihr und Mario und ihrem Leben und sie brauchte einfach noch etwas Zeit.

Irgendwie musste Mario schlecht hören, denn mit einem leisen Knarren wurde die Tür geöffnet. Dann folgte Stille. Keine Schritte, kein Wort. Nur sein Atem, Zug für Zug.

So gut wie sie konnte, versuchte Emma, ihre Stimme in den Griff zu bekommen. »Ich bin müde, Mario.« Und das war nicht einmal gelogen. Emma rollte sich weiter ein. »Lass mich doch einfach! Diana wird morgen früh schon zur Vernunft kommen und uns aus dem Zimmer lassen. Ich reise ab. Du reist ab. Und alles ist so, als wäre nichts passiert.« Es klang zu einfach. Selbst in ihren Ohren.

Anhand der Schritte wusste sie, dass Mario nichts dergleichen tat. Er trat näher und setzte sich auf das Bett. Die Matratze gab leicht nach. »Ich bin mir da nicht so sicher.« Es folgte erneut ein langes Schweigen, dann räusperte sich Mario. »Ich hab eben kurz mit meinem Schwesterherz telefoniert, um zu erfahren, was ihr kindisches Verhalten soll. Und du glaubst nicht, was sie will! Sie verlangt, dass wir uns aussprechen.«

Emma konnte sich ein Schnauben nicht verkneifen. Diana war eine miserable Kupplerin.

»Emma, was da gerade passiert ist, tut mir Leid. Es ist dein Leben. Ich hatte kein Recht, mich einzumischen. Wir beide … du und ich … die letzten Tage waren anders … und doch nicht anders … ich dachte, ich kenne dich.« Er schluckte und atmete tief durch. Wieder bewegte sich die Matratze.

Emma musste sich räuspern, um den Frosch im Hals loszuwerden. »Tust du doch auch.« Sie hatte keinen Beweis und doch wusste sie es. Die letzten Tage hatten es ihr verraten. Und tief in ihrem Inneren kannte auch sie Mario. Nicht als den Aufreißer, den er einige Jahre lang gespielt hatte, sondern als den sexy, fürsorglichen Gentleman und damit einen Menschen, der viel zu selten in ihrem Leben bisher aufgetaucht war.

»Ist das so?« Die Zärtlichkeit in seiner Stimme ließ Emmas Atem schneller gehen. »Sobald ich diesen Typen gesehen habe und wie er dich angeschaut hat, während du den Blumenstrauß gefangen hast, wusste ich, ihr kennt euch. Und dass das John sein musste. Ich hatte ihn mir anders vorgestellt. Ich hatte nicht gedacht, dass er so gut aussehend wäre. Er hatte einen Anzug an, ich nach dem Zwischenfall am Pool nur das notdürftig zusammengestellte Ensemble. Ich hab euch vor mir gesehen. Wie gut ihr zusammen aussehen würdet!«

»Und dann bist du einfach gegangen?« Emma konnte den anklagenden Tonfall nicht ganz unterdrücken. Wäre er nicht verschwunden, wäre alles vielleicht anders gekommen. Stattdessen hatte er sie mit dem Brautstrauß stehen lassen, wie bestellt und nicht abgeholt. Sie hatte sich beinahe wie die geprellte Braut gefühlt. Dabei hatte sie doch nur seinetwegen bei diesem Spiel mitgemacht!

»Er war hier. Wegen dir. Ich kenne dich, dir bedeuten solche Gesten viel.«

Emmas Herz schlug noch schneller. Sie wollte das nicht hören. Mario hatte Recht. Die letzten Versöhnungen waren genau deshalb zustande gekommen, weil sie so leicht für etwas Anteilnahme zu vereinnahmen war.

»Eure Auseinandersetzung war jedoch nicht zu übersehen und zu überhören. Aber es war dein Streit, nicht meiner. Du magst es nicht, wenn andere deine Kämpfe austragen, du Sturkopf!« Marios

Finger fuhren federleicht durch ihr Haar und Emma versteifte sich unter der Berührung. Er hatte Recht, aber konnte er nicht einfach aufhören? Sie mussten nicht tun, was Diana verlangt hatte. Sie könnten ja auch die Gespräche für gescheitert erklären. Mario seufzte. »Dann hat er dich jedoch plötzlich gepackt. Emma, mit Menschen, die man liebt, springt man so nicht um. Niemals.« Er schluckte. »Ich sehe immer noch die Abdrücke auf deinen Armen.« Was Emma sofort dazu veranlasste, tiefer unter die Decke zu schlüpfen. »Dann bin ich einfach ausgerastet.«

»Das sieht dir nicht ähnlich«, erinnerte ihn Emma. Mario mochte sie als Teenager immer wieder geneckt haben, aber er war immer Herr seiner Lage gewesen.

»Ich weiß, aber du kannst dir nicht vorstellen, wie gut sich das angefühlt hatte. Ich war so wütend, auf ihn und auch auf dich, und er war das passende Ventil.« Wieder sammelte Mario sich. »Wie konntest du nur mit so jemandem zusammen sein, Emma? Du hast ein großes Herz, aber du bist normalerweise nicht so blind in Bezug auf Menschen!«

Emma wickelte sich unter Marios Anklage noch enger in die Bettdecke. Obwohl Sommer war, zitterte sie wieder stärker. Sie wusste es auch nicht. John war besser gewesen als alleine zu sein. Manchmal reichte so etwas aus. Wenn schon nicht für ein

Leben, so zumindest für einige Jahre. Er hatte die Illusion aufrecht erhalten, dass auch sie ein normales Familienleben führen könnte. So wie sie eine Notlösung für ihn war, zumindest beruflich, so war er ihre gewesen. Wieder stiegen ihr Tränen in die Augen. »Bist du nun fertig, Mario?« Weiter konnte und wollte sie das Ganze nicht kommentieren. Außerdem brach ihre Stimme gleich.

Wieder bewegte sich die Matratze. Aber Mario ging nicht. Sie hörte eine Schachtel auf dem Nachttisch schleifen. Dann das bekannte Geräusch, wenn Taschentücher aus der Box gezogen wurden. »Nicht weinen, Emma!«

Das Blöde an solchen Kommentaren war, dass Emma dann erst recht weinen musste und nun sogar ihre Schultern verräterisch zuckten. Mario tupfte ihr die Tränen ab und um ihn nicht noch näher an sich heranzulassen, nahm sie ihm schließlich das Tuch ab und schnäuzte sich selbst lautstark die Nase.

»Hier, trink einen Schluck!«

Überfordert schüttelte Emma den Kopf, woraufhin Mario frustriert seufzte.

»Ich bin noch nicht fertig, Emma. Sicher, dass du nichts trinken willst?«

»Sicher«, nickte sie.

Mario legte sich neben sie. Sie spürte die Bewegungen in der Matratze und sie fühlte seine Wärme in ihrem Rücken. »Emma, stimmt es, dass du jede Nacht von diesem Mann träumst?« Ihr Herz raste plötzlich. »John hat Recht, dass du im Schlaf sprichst oder murmelst … die eine Nacht hast du auch … aber ich habe … es klang wie mein Name … wer ist dieser Machiavelli? … ich muss es wissen … liebst du ihn?« Mario klang wie ein betrogener Ehemann, immer noch verliebt und dennoch verletzt.

»Ich will nicht darüber reden.« Wie sollte Emma das auch erklären? Der Spitzname passte überhaupt nicht mehr zu ihm: Mario Machiavelli, der Supermann, der sich die Frauenwelt untertan machte. Es war ein ungerechter Spitzname. Entstanden in einer Zeit, wo auch Mario sie mehr als einmal ungerecht behandelt hatte. Sei es nun, weil er sie necken wollte, oder nicht. Aber ja, sie liebte ihn beinahe unmenschlich stark und mit jedem Jahr, das sie sich nicht gesehen hatten, sogar stärker. Kein Wunder, dass sie letzte Nacht Marios Namen gemurmelt hatte. Ihr Kopf schmerzte und Emma wusste, dass Mario nicht so lange schweigen würde. Sie mussten darüber reden. Wenn nicht jetzt, wann dann? In diesem Augenblick fühlte sie sich so unglücklich, wie ihr ganzes Leben noch nie zuvor. Mario lag neben ihr, wie damals vor einer Ewigkeit und sie brauchte ihn. Damals hatte sie keine Ahnung wie sehr, aber sich vorzustellen, dass er wieder verschwinden könnte, rüttelte sie wach.

Entschlossen wischte sich Emma die Tränen aus den Augen. Sie sah bestimmt verheult aus und die Mascara verklebte ihre Wimpern, aber so war das eben nach Katastrophen. Sie drehte sich um auf die andere Seite und sah Mario direkt neben sich liegen. Beide musterten sich stumm. Er trug nur noch seine Boxershorts und offensichtlich war ihm ebenfalls etwas kalt. Sein Auge war dick geschwollen, außerdem war seine Lippe leicht aufgeplatzt. In seinem Blick lag unerwartet viel Sorge und was auch immer er in ihrem las, es brachte ihn dazu, sich ein kleines Lächeln abzuringen.

Ohne zu fragen gab Emma ihm einen Zipfel Decke ab. Mario rutschte darunter und packte nicht nur mehr von dem Laken, sondern auch ihren Körper. Die plötzliche Berührung jagte Schauer über ihren Rücken und Hitze schoss zwischen ihre Beine. Sie presste ihre Wange an seine Brust und atmete tief seinen männlichen Geruch ein. Beide Körper drängten zueinander und bei jeder noch so kleinen Berührung gaben sie wohlige Seufzer, sanftes Murmeln und süßes Stöhnen von sich. Doch mehr passierte nicht, als dass immer wieder Hände ungläubig und vorsichtig über den Körper des anderen fuhren und jede Berührung die Haut darunter zum Brennen brachte.

»Warum auch immer dich dieser Mann verlassen

hat, vielleicht kann ich dir ja helfen, ihn zu finden. Ihr sprecht euch aus. Ihr … du wirst glücklich. Du weißt, meine Familie hat Mittel und Wege. Wir finden ihn, vertrau mir!«

Emmas Herz schlug genauso schnell wie Marios und sie spürte, wie sie ihn nur noch mehr dafür liebte. »Warum tust du das, Mario?« Schüchtern suchte sie seinen Blick, doch er erwiderte ihn nicht, sondern hatte die Augen geschlossen und sein Daumen strich immer wieder über ihre Schultern, als bekäme er nicht genug von ihr und wollte ungewiss, wie lange ihre gemeinsame Zeit noch währte, jeden Augenblick genießen.

»Weil ich auf dich aufpasse, Emma. Das habe ich immer schon.« Seine Augen flogen auf und verengten sich überrascht, ihren Blick so intensiv auf sich zu finden. Vorsichtig tastete er ihr Gesicht ab und schien von Sekunde zu Sekunde entschlossener. »Aber dazu musst du mit mir reden, Emma. Ich bin dein Freund. Auch wenn du es vielleicht nicht wahrhaben willst.«

Ihr Freund? Emma schaute auf ihre Hände. Das entsprach nicht ganz dem, was sie die letzten Stunden gedacht hatte, aber Freunde verdienten zumindest Ehrlichkeit. »Das ist wirklich nett von dir. Ich weiß dein Angebot zu schätzen, aber du wirst ihn nicht finden können. Er ist … weg.« So wie er genau genommen nicht einmal existiert hatte.

»Was hat ihn so besonders gemacht?«

Emma lächelte zum ersten Mal seit einer Ewigkeit, stütze sich über Mario auf und beobachtete ihn. »Er hat ein wundervolles Herz.« Sie legte ihre Hand auf seines und spürte den verlockenden Rhythmus. »Ohne zu überlegen setzt er sich für Schwächere ein, verteidigt sie, hilft ihnen und verlangt im Gegenzug gar nichts, nicht einmal ein Dankeschön. Selbst wenn er es sich verdient hätte.« Ihre Lippen lächelten fein. »Danke, Mario. Eintausend Mal danke.«

In Marios Augen blitzte plötzlich die Erkenntnis. So wie sie sich ihre Lippen beleckte, befeuchtete seine Zunge seine Lippen.

»Außerdem ist er unheimlich klug.« Emma fuhr Mario durch die Haare, fühlte seine Wärme und atmete schwer, als er kurz die Augen schloss. Gänsehaut hatte sich auf seiner Haut gebildet und seine Brustwarzen waren hart geworden. »So jemand Kluges ist mir noch nie begegnet. Er hat von allen möglichen Dingen Ahnung und einen ziemlich tollen Job. Aber er ist zum Glück kein Karrieremensch. Er hat Ahnung von Technik und von der Welt und von Kindern und Familie. Ich glaube sogar, er kann ganz toll kochen, aber soweit sind wir nie gekommen.«

Mario griff ihr eines Bein und lotste es über seinen Körper und Augenblicke später saß Emma breitbeinig auf ihm. »Der Typ ist ja ein richtiger Überflieger.« Sein hungriger Blick lag auf ihr. »Aber ich finde, ich bin viel besser.« Nun grinste er siegessicher, während Emma ihre Augenbraue hochzog. »Ich kann nämlich sogar noch backen.« Emma lachte vergnügt.

Seine Hände strichen über ihren Rücken und packten kräftiger ihren Po, so dass Emma scharf die Luft einzog. Sie trug nur ihren Slip und wenn sich dieses klärende Gespräch weiter so entwickelte, dann war der durchnässt, bevor sie fertig waren.

»Erzähl mir mehr von ihm, Sweetheart!«

Nur zu gerne! Emma konzentrierte sich und spürte, wie ihre Wangen wärmer wurden. »Sein Geruch ist unglaublich sexy.« Sie schloss kurz ihre Augen und atmete Marios erotischen Duftcocktail tief ein. »Holzig, herb …« Sie suchte nach Worten, vergrub ihre Nase in seinem Nacken und inhalierte tief. »Unbeschreiblich.«

»Oh ja, unbeschreiblich!«, wiederholte Mario und knabberte genießerisch an ihrem Ohrläppchen.

»Ich weiß noch genau, als ich ihn das erste Mal gerochen habe.« Das war in jener Nacht gewesen. »Ich mochte ihn gar nicht, doch dann hatte er mich plötzlich gehalten und eine Nacht hatte ausgereicht, dass mich dieser Geruch für immer verfolgte. Tag und Nacht. Albern, oder?«

Nun vergrub Mario seine Nase in ihrem Haar.

»Kein bisschen, glaub mir. Auch mich verfolgt ein ganz bestimmter Geruch schon beinahe mein ganzes Leben. Nur ganz fein zu erahnen. Denn die Zeit war die falsche, um zu erkunden, woher er stammte.«

Mario umschlang Emma und sorgte dafür, dass sie spürte, wie erregt er mittlerweile war. Sie bewegte sanft ihre Hüften und genoss jede Berührung, die sie stark und zugleich schwach machte. »Mario, du bist mein Machiavelli«, gestand sie schließlich ganz leise und küsste feige seine Lippen, damit sie jetzt nichts Falsches sagen konnten. Doch irgendwann mussten sie sich loslassen.

»Findest du mich denn so Besitz ergreifend?«

Mist, die Strategie ging nicht auf. Im Gegenteil, Mario nutzte die Vorlage des Namens und packte ihre Hände. Niccolo Machiavelli war ein florentinischer Gelehrter des sechzehnten Jahrhunderts, der für eine rücksichtslose Machtpolitik unter Zuhilfenahme aller verfügbaren Mittel steht und so ganz falsch war der Name vielleicht gar nicht gewählt, wenn man bedachte, welche süße Macht Mario auf Emma ausübte. Er drehte sich mit ihr und hielt sie unter sich fest. Sie beleckte sich ihre Lippen. Sie wollte ihn küssen, sie wollte seinen Körper spüren, doch bis auf seine Hände, die ihre über dem Kopf hielten, seinen Daumen, der schmerzhaft sinnlich über ihren Puls strich und seinen Knien, die ihre

Beine auseinander hielten, berührte er sie nicht.

»Das gefällt dir auch noch?!« Mario grinste überrascht und ließ seine Augen über ihren bettelnden Körper gleiten. Sie wand sich, doch er hielt sie fester. »Nicht so eilig, Sweetheart.«

»Aber du bist hart!« Und Emma hatte sich in ihrem Leben nicht vorgestellt, wie sexy es wäre, den Mann ihrer Träume so nah über sich zu sehen. Wie jeder Atemzug sie heißer machte. Wie seine Bewegungen auf der Matratze ihren Körper bewegten. Wie sein Geruch ihre Sinne benebelte. Dazu kam Marios echter, nackter Oberkörper über ihr in Reichweite, seine sexy dunkelblauen Augen, die mit einem Wimpernschlag die eigenartigsten Orte zum Glühen brachten, und ein direkter Ausblick auf seine Boxershorts mit dieser ziemlich großen Beule, die ihre Vorfreude steigerte.

»Wenn ich dich jetzt loslasse, dann behältst du deine Hände oben, kapiert?«

Emma schluckte und ihr Brustkorb hob und senkte sich, so dass auch ihr Busen sich bewegte. Sie nickte und schluckte. Mario beugte sich über sie und ließ locker. Seine Finger rieben ihre Handgelenke, dann glitten sie über ihre Unterarme, wanderten über ihre Oberarme hin zu ihren Schultern. Sie fuhren tiefer über ihren Busen bis zu ihren Hüften. Hier packten sie den Saum ihres Seidenhemdchen und schoben es hoch. Mario platzierte nasse Küsse auf ihrer Haut und Emma suchte überwältigt mit ihren Händen seinen Körper.

Alle seine Bewegungen stoppten. »Arme!«, grollte Mario und Emma wusste, was er meinte. Sie zögerte und nun erst schaute Mario auf und Emma biss sich auf ihre Unterlippe. Das jedoch gefiel ihm wohl noch weniger.

»Du bist gar nicht sauer über den Spitznamen?«, stellte sie verblüfft fest.

»Wer hatte die Idee zu dem Namen, du oder Diana?«

Emma runzelte ihre Stirn und Mario grinste, nahm nun wieder ihre Hände und legte sie nach oben, während seine Lippen ihre Stirn küssten. Hilfe!

»Lass deine süßen Hände dort!« Er drückte seine Erregung gegen ihren Bauch. »Wer?«

»Ich«, piepste Emma und erreichte damit, dass Mario locker ließ und seine Hände erneut den gleichen qualvollen Weg über ihre Arme und ihre Schultern nahmen, bis sie wieder den Saum packten und ihn weiter hoch schoben. Mario würde ihr doch niemals den Hintern versohlen? Das war doch alles nur Spaß, oder?

Emmas Gedanken rasten erregt und überwältigt so schnell, dass sie erst nach einer Weile merkte, dass Mario sie einfach nur anschaute und gar nichts machte. »Was geht gerade in deinem Kopf vor,

Sweetheart? Und du sagst es mir besser jetzt, bevor wieder Jahrzehnte vergehen.«

»Ich … der Name … also … Mario, du stehst nicht wirklich auf …« Meine Güte, wie alt war sie eigentlich?

»Sag es und frag mich!«, forderte Mario sie auf und wenn Emma ihm schon den Spitznamen gegeben hatte, dann sollte sie auch mit den Konsequenzen umgehen können.

»Fesseln?«, stammelte sie.

»Nein.« Seine Hände hielten ihre und es war klar, dass er keine brauchte.

»Schläge?«

»Nicht doch!« Sein Mund knabberte an ihrem Hals und brachte ihre Haut auch so zum Erröten.

»Schmerzen?« Emma musste schlucken.

»Nur die allerschönsten.« Mario grinste.

»Aber du gibst gerne den Ton an?«

Mario schüttelte den Kopf. »Was du von mir denkst, Sweetheart! Du hast mich selbst erst auf die Idee gebracht!« Er grinste breit. »Und etwas Strafe muss schließlich sein. Lass die Hände oben!« Die Warnung kam sofort als Emma sich regte. Mario schob nun das Shirt über ihren Busen und schaute auf ihren BH. Vorsichtig öffnete er den Verschluss und zwei Brüste mit eindeutig harten Brustwarzen kamen zum Vorschein. »Außerdem gefällt dir das und mir auch.« Sein Mund senkte sich auf ihre

Spitzen und Emma blieb jeglicher Kommentar im Hals stecken. »Warum hat uns Diana eigentlich nicht viel eher mal zusammengesperrt?«

Emma atmete gepresst unter Marios süßer Rache. Wahrscheinlich, weil Diana sich unter einer Aussprache etwas anders vorgestellt hatte. Aber nun hatte sie es gesagt und so wie Mario reagiert hatte, gefiel ihm sehr, dass er sie von Anfang an für alle anderen Männer der Welt verdorben hatte. »Du bist also nicht sauer, dass ich dich so genannt habe?«

Mario schaute von ihren Brüsten auf und küsste plötzlich hungrig ihre Lippen. Hatte sie etwas Falsches gesagt? Egal. Seine Zunge schmeckte herrlich und sie vergaß sein Verbot und zog seinen Kopf näher. Mario ließ es nun gut sein und stoppte sie dieses Mal nicht erneut. Ihre Hüften suchten seine. Seine Hand strich über ihren nassen Zwickel und sie seufzte, weil er nicht in sie drang. Frustriert warf sie den Kopf zurück und schloss die Augen. »Schau mich an, wenn du eine Antwort haben willst!«

Mist, diese sexy spielerische Seite an Mario gefiel Emma ziemlich gut. Sie blinzelte und sah noch gerade so, wie er an seinen Fingern roch, die eben noch an ihrem Schritt gewesen waren. Der Geruch törnte ihn eindeutig an und das wiederum steigerte ihre Erregung.

»Ich bin unglaublich froh, dass du mich damit

gemeint hast.« Emma spürte die Erleichterung durch ihren Körper strömen, die bewirkte, dass sie sich vollends entspannte und noch erregter wurde. »Ich dachte nämlich, du würdest von deinem ersten Date sprechen.«

Emma schaute überrascht zu Mario. »Warum solltest du denn so etwas gedacht haben?« Sie spürte, dass er ihr gehörte und rieb über seine Brustwarzen, ließ immer wieder ihre Hüften an seiner harten Ausbuchtung entlang gleiten und konnte nicht anders, als ihn wieder und wieder zu berühren.

Mario atmete tief den Duft ihrer Haare ein und löste vorsichtig die ersten Haarnadeln. »Der Name fiel so oft zwischen dir und Diana. Also hatte ich eins und eins zusammengezählt.«

»Dachtest du!«

»Ja, dachte ich.« Mario lächelte. »Die erste Liebe vergisst man schließlich nie.«

Emma schaute verärgert, löste die letzte Haarnadel und rieb sich ihre schmerzende Kopfhaut. »Du hast ihn schrecklich behandelt.«

Mario drehte sich und zog sie eng an sich. »Ich war sogar noch viel schrecklicher gewesen, als du denkst.« Er hielt sie fester, denn ihr Körper machte klar, dass sie auf Abstand gehen wollte. »Ich habe deine weiteren Dates mit ihm platzen lassen.« Emma stand der Mund offen und sie schaute ihn schockiert und verletzt an. All die Gefühle kochten wieder hoch und sie verstand nicht, wie dieser wunderbare Mann ihr das hatte antun können.

»Er war nicht der Richtige für dich«, murmelte Mario als späte Erklärung und hielt sie fest.

»Woher wolltest du das wissen?! Du hattest kein Recht dazu!« Emma stützte sich auf. Sie floh nicht, aber sie beäugte den Mann unter ihr etwas kritischer. Der jedoch lächelte ganz warm. »Was?«, zischte sie und bekam einen süßen Kuss, bei dem Mario mit ihrer giftigen Zunge spielte. Ein perfektes Gegengift.

»Was soll ich sagen … deine letzte Wahl war ja auch nicht so großartig. Du solltest besser auf mich hören. Du gehörst mir, mir allein, Emma Foresta.«

Emma grinste angesichts seines Ego und biss ihn leicht in die Lippe.

»Aua!« Mario lachte, warf Emma erneut herum und schob ihr sein Knie fordernd zwischen die Beine. »Ob du es mir glaubst oder nicht, aber ich war unglaublich eifersüchtig auf diesen Schwachkopf. Und ich wollte mir nicht vorstellen, dass er haben sollte, was ich Tag und Nacht begehrte.« Und wie er sie begehrte, zeigte er ihr mit seinem ganzen Körper, der ihren atemlos fesselte. Sein Mund schmeckte gierig ihre Haut und er rieb seinen Penis fordernder an ihr.

»Tag und Nacht?«, fragte Emma nach und wurde dafür zur Strafe gekitzelt, dass sie sich unter Mario verzückt räkelte.

»Glaub mir, ich hab mich wie das größte Schwein gefühlt, dass ich ein dreizehnjähriges Mädchen so sehr wollte. Doch statt dich zu vergessen, wurde mein Verlangen nach dir nur noch größer.«

»Als ich Brüste bekam?« Emma kräuselte amüsiert ihre Lippen.

»Und Hüften!« Marios Hände packten eben jene Hüften und er schlang ein Bein besitzergreifend um sie, dass Emma ihren Kopf zurückwarf und sich in seinen Rücken krallte. Dann wurde er wieder ernst. Emma sah ihn fragend an und fuhr ihm durch seine mittlerweile verschwitzten Haare. »Die Nacht in der Hütte warst du so unschuldig, dass ich irgendwann von dir abrücken musste.« Er ließ seine Hand über ihren Slip gleiten und legte sie dann auf ihren Busen. »Ich wusste plötzlich, dass etwas passierte, von dem du keine Ahnung haben konntest. Eigentlich durfte ich nicht in deiner Nähe sein und doch konnte ich nicht anders, als dir Wärme zu spenden, denn nichts erschien mir schlimmer, als dass dir etwas geschehen könnte. Also hatte ich meine Hand auf deine Hüfte gelegt.« Beide Hände packten ihre schmalen Hüften und zogen sie fordernd zu sich. »Himmel, ich war achtzehn Jahre alt, Emma! Und für das, was ich in diesem Augenblick wollte, kommt man zu recht hinter Gittern.«

Emma war froh, dass sie beide nun erwachsen

waren und jeder seine Hände dahin tun konnte, wohin er wollte. »Und ich hab mir deine Hand an meine Brust gelegt und mir einfach so deinen Arm gepackt! Ich wusste nicht, was ich von dir oder der Situation halten sollte. Ich wusste nur, ich musste dich näher spüren. Du auf meiner Haut, das hatte kaum gereicht. Ich brauchte dich überall, ohne dass mir wirklich klar war, was das bedeuten würde. Deine Hand an meinem Busen hatte zum Glück gereicht, damit ich in dieser Nacht einschlafen konnte.« Seine Hand tat nun das Gleiche und Emma spürte die gleiche Wärme wie damals in ihren Unterleib schießen, nur dass sie dieses Mal wusste, was sie zu bedeuten hatte. »Selbst Diana habe ich es nicht erzählt.«

»Warum nicht?« Was seine Hand damals nicht durfte, machte sie nun. Mario drückte ihre runden Brüste, ließ seinen Daumen über ihre harten Spitzen fahren, leckte an ihrer Haut, saugte und genoss das Wissen, dass sie schon seit einer Ewigkeit bereit für ihn war.

»Ich hatte Angst, dass sie es dir weiter erzählt. Dass ich etwas missverstanden hatte. Dass mit mir etwas nicht stimmte.«

Marios Hand glitt nun in ihren Slip und Emma schloss überwältigt die Augen. Mit ihr musste wirklich etwas nicht stimmen, denn so sehr hatte sie noch nie genossen, mit einem Mann im Bett zu sein. Diana und die Hochzeit existierten nicht mehr. Die Welt bestand nur noch aus der Insel aus Kissen, auf der sie lagen. Sie bestand nur noch aus zwei Personen und erstaunlicherweise reichte das aus. Sie konnte sich gar nicht vorstellen, wozu ein Mensch noch mehr brauchte als einen zweiten Menschen. Sie hatte Mario ganz für sich und seine Finger, die langsam über ihre Scham glitten, schickten süße Signale durch ihren Körper und brachten sie zum Stöhnen. »Ich kann dir bestätigen, dass mit dir alles in Ordnung ist.« Wieder küsste er sie, dieses Mal jedoch gieriger und er flüsterte: »Aber ich weiß nicht, ob das gerade für mich gilt.« Seine Finger glitten testend tiefer. »Himmel, bist du nass, Sweetheart!«

Seine Worte lösten die merkwürdigsten Gefühle in Emma aus. Aber sie war noch nicht fertig und zog sich unwillig zurück. Mario merkte es sofort und warf ihr einen fragenden Blick zu. »Außerdem hattest du, noch als ich mit Diana zur Schule ging, so viele Dates, Mario. Danach folgten Affären. Und zu denen, von denen mir Diana erzählte, ergänzte ich in Gedanken immer noch eine weitere. Nur zur Sicherheit«, erklärte sie.

»Du glaubst nicht, wie sehr ich dich aus meinem Kopf bekommen wollte.« Mario küsste ihre Schläfen und sah sie so lange an, dass ihm das garantiert nie wieder gelingen würde. »Sie haben mir nichts bedeutet. Nicht soviel wie du.« Er grinste sexy und Emma wurde wärmer. »Und ich sage das jetzt nicht nur einfach so, Emma, weil ich hart bin und dich endlich richtig lieben muss, wenigstens nur einmal.«

Sprach er wirklich von Liebe? Emma atmete tief den Geruch seiner Haut ein, so wie damals im Schuppen. Während um sie herum der Regen prasselte. »Ein Teil von mir weiß das, wusste das schon immer. Auch wenn es gerade anders aussieht, ich neige nicht dazu, mich in komplette Idioten zu verlieben.« Sondern sich eher selbst wie einer zu benehmen, ergänzte sie still. Sie konnte nicht mehr länger umhin, als es endlich einzusehen, nein, sie war gar nicht verliebt in Mario. Verliebtheit war flüchtig. Sie blendete alle schlechten Seiten aus. Sie trug einen nicht. Das, was sie jedoch gerade spürte, war Liebe. Und das Gefühl machte ihr genauso Angst wie das erste Kribbeln im Bauch vor fünfzehn Jahren, denn es war tatsächlich neu.

»Was ist los?«, fragte Mario und beobachtete Emmas Gesicht aufmerksam. Sie war nach wie vor Wachs unter seinen Händen und umso dringlicher forschte er nach dem Grund für den ernsten Blick.

Emma spürte schon wieder die leichte Röte auf ihren Wangen, als wäre sie immer noch ein Mädchen und längst nicht erwachsen. Sie räusperte sich. »Haben wir uns denn jetzt eigentlich genug ausgesprochen?« Ihr Hände wanderten unter den Gummizug seiner Boxershorts und fühlten seine heiße, harte Erregung. Das spielerische Lächeln verschwand sofort von seinen Lippen. Emma hätte sich keinen anderen Gesichtsausdruck erträumt, als den unbändiger, roher Lust.

»Dir ist klar, dass uns jetzt niemand mehr retten wird?« Mario saugte an ihrer Unterlippe. »Dass dich jetzt nichts mehr retten wird? Kein zurück.«

Emmas Augen glänzten und ob er sie nun liebte oder nicht, auch sie wusste, dass sie Mario Torriani tief in sich spüren musste. Und wenn es nach ihr ging nicht nur einmal sondern mehrfach. »Keine Security …« Sie streifte Mario die Shorts ab und leckte sich die Lippen, als sein harter Penis zum Vorschein kam, ziemlich groß und männlich wie alles an ihm. »Kein Parkboy …«

Die flirtenden Worte blieben ihr beinahe im Hals stecken. Marios Hände griffen ihren Slip. Doch statt ihn abzustreifen, umschloss er den Stoff immer fester, ohne sie aus den Augen zu lassen. Ihr Puls raste, als sie mitansah, wie er langsam die feine Seide, die im Schritt dunkel vor Nässe war, zerriss. Kühle Luft reizte ihre heiße, nasse Scham, doch noch heißer wurde ihr, als sie sah, wie er die beiden kleinen Stücken Stoff an seine Nase hielt und tief und sinnlich den Geruch einatmete. Dann öffnete er seine Augen und wie auf ein geheimes Zeichen hin, spreizte sie ihre Beine noch weiter für ihn.

Emma schluckte. »Kein Hupen …«, brachte sie noch über die Lippen, bevor er mit seiner heißen Spitze an ihrer nassen Spalte entlangglitt. Ihr Körper suchte sofort mehr Nähe, doch er drückte sie zurück.

»Du bist wirklich das Schönste, was mir je begegnet ist, Sweetheart. Und ich weiß nicht, ob ich gleich noch nett sein werde.« Er knirschte mit den Zähnen. »Soll ich ein Kondom nehmen?«

Das Sprechen fiel Emma wirklich schwer. Ihre Scham pulsierte, das Blut rauschte ihr in den Adern und sein Anblick tat sein Übriges. »Ich habe keine Krankheiten.« Sie sah die Erleichterung auf seinem Gesicht.

»Ich bin auch sauber.«

Mario beugte sich zu ihr, aber Emma stoppte ihn und zwang ihn stumm, sie anzuschauen. Über die Pille hatten sie nicht gesprochen. Sie nahm sie nicht. Aber weiß Gott, sie musste ihn ganz spüren und wenn sie schwanger werden würde, dann von dem einzigen Mann, den sie je lieben würde.

»Bist du dir sicher?«, fragte Mario, als wüsste er, was ihr Schweigen zu bedeuten hatte und sie konnte schwören, sie hörte ein Grollen in seiner Brust. Sie nickte zaghaft und dann knurrte er: »Oh Sweetheart, jetzt bin ich ganz sicher nicht mehr nett.«

»Dann sei es nicht!« Kaum waren die Worte über

ihren Lippen, da schrie Emma laut auf vor Schmerz und Lust. Ohne weitere Vorwarnung war Mario bis zum Anschlag hart in sie eingedrungen und Emmas Atem ging zittrig schnell. Mario hielt sofort angespannt inne. Er sagte gar nichts, beugte sich zu ihr, küsste ihre Schläfe und ihren Hals. Der überraschende Schmerz ebbte ab. Ihre Finger, die sie in seinen Rücken gekrallt hatte, ließen locker. Ihr Atem ging schnell.

»Emma?!« Marios Stimme klang rau. Er schien besorgt, doch zugleich warnte er sie, lange konnte er nicht mehr still halten. »Emma, Sweetheart, ich will dir wirklich nicht weh tun, aber ich muss mich jetzt bewegen.«

Emma wusste nicht, ob er es sah, aber sie nickte überwältigt und im gleichen Augenblick bewegte er sich in ihr. Mario war groß und in Relation zu ihm hatte sein Penis die perfekte Größe. Nun spürte sie, was es hieß ganz ausgefüllt zu sein, spürte, wie er sie langsam dehnte und stöhnte bei dem Gedanken daran, wie wunderbar wund sie am nächsten Tag sein würde.

»Es tut mir so Leid, aber du fühlst dich einfach zu herrlich an.« Langsam glitt Mario in sie hinein und aus ihr heraus. Sie blieb eng, aber sie gewöhnte sich mehr und mehr an seine Größe.

Emma zog seinen Kopf näher und flüsterte leise zwischen nassen Küssen: »Im Bett gibt es keine

Entschuldigungen.« Erst recht nicht, wenn sich Sex mit Mario um Längen besser anfühlte als jeder Traum. Seine Stöße wurden wieder tiefer und im Rhythmus seiner Hüften keuchte sie. »Jeder nimmt sich, was er will.« Und das bewirkte, dass Mario endlich härter in sie drang. Sie schrie erneut auf vor Lust und klammerte sich an seinen Hals. Seine Lippen jagten ihr Schauer über den Rücken und sein Daumen an ihrem Kitzler ließ sie laut stöhnen. »Mario!«

»Ja, Sweetheart!« Auch er schöpfte Atem, wischte ihr verklebte Haarsträhnen aus dem Gesicht und verteilte nun langsame Küsse auf ihrer Haut.

Emma wand sich. »Ich dachte, du wolltest nicht nett sein.« Sie bewegte ihre Hüfte, um mehr der süßen Reibung zwischen ihnen zu erzeugen.

»Für diesen Anblick lohnt es sich.« Seine Finger verwöhnten ihren Kitzler. Seine Lippen saugten an ihrem Busen. Sie bäumte sich auf und über ihre geöffneten Lippen kamen erneut die süßesten Töne.

»Ich kann nicht mehr lange!«, gestand Emma. Sie biss sich auf ihre Lippen und ließ ihre Hände wieder über seinen Rücken gleiten.

Mario lächelte sie an. »Möchtest du, dass ich dich kommen lasse?«

»Ja!«, hauchte sie.

»Ich kann dich nicht hören!«

Emma funkelte ihn warnend an. »Ja, verdammt

nochmal!«

»Unter einer Bedingung.« Sie verschränkten ihr Finger und Emma versuchte aufzupassen. »Schau mich dabei an! Ich will sehen, wie du kommst. Okay?«

»Gott steh mir bei!« Emma nickte und spürte sofort wieder, wie dieser großartige Mann sie hart nahm. Sie schloss genießend die Augen und die Bewegungen stoppten. Okay, sie hatte die Botschaft verstanden. Sich selbst verfluchend blinzelte sie Mario an. Sie klammerte sich an ihn und wusste, dass sie soweit war. Sie ließ sich mitreißen, während er sie mal mit kurzen schnellen und mal mit langsamen tiefen Bewegungen in den Himmel beförderte, begleitet von süßen Worten und nassen Küssen, bis sie nicht mehr konnte. Sie kam lang und laut und spürte wenig später das beruhigende Gefühl seines Samens tief in ihr. Sie gehörte nun ihm und er ihr. Niemanden sonst wollte sie so spüren. Nur ihn, ihn, ihn, hallte als Echo in ihrem Kopf.

Beide schöpften Atem und Emma lehnte ihr Gesicht an seine heiße Haut. So also fühlte es sich an, mit Mario Torriani zu schlafen.

»War ich zu grob?« Seine Lippen küssten ihre Schulter und die roten Abdrücke, die seine Hände auf ihrem Körper hinterlassen hatten.

Emma drehte ihren Kopf und sah ihn an. Immer

noch sprachlos und völlig fertig. Das sanfte Zucken in ihrer Scham antwortete. »Perfekt«, brachte sie matt über die Lippen.

»Perfekt?« Mario strahlte wie ein kleiner Junge zu Weihnachten und Geburtstag zusammen. »Aber vielleicht sollte ich nochmal genauer nachschauen?«

Emma zog ihre Augenbraue hoch. Ein Laut des Protests entwich ihr, als sich Mario aus ihr entfernte. Er arbeitete sich mit Küssen gen Süden vor und nahm auf dem Weg alles mit, was seinen Lippen in die Quere kam. Emma grub ihre Finger in seine Haare und seufzte überwältigt.

»Jetzt weiß ich endlich, wo die Quelle deines tollen Dufts ist.« Gierig saugte sein Mund an ihren Schamlippen, seine Zunge leckte ihre süße Spalte und drang hart in sie ein.

»Mario, ich kann nicht schon wieder–«

»Wetten?«

Großer Gott, das süße Ziehen nahm zu. Die Wette würde er gewinnen. Wie er in dieser Nacht noch mehrfach bewies.

15

Mario lag still neben Emma, regte sich nicht und betrachtete sie fasziniert, um sie nicht aufzuwecken. Sie träumte und kaum hörbar flüsterten ihre Lippen tatsächlich seinen Namen. Seinen richtigen Namen. Nach dieser Nacht wunderte es ihn nicht mehr.

Mit möglichst langsamen Bewegungen zog er seine schlafende Prinzessin zu sich und küsste die zarte Haut ihrer Schultern. Sie seufzte leise im Schlaf.

Mit seinen Fingern wirbelte Mario durch ihre Mähne. Ein Murmeln kam über ihre Lippen. Dann blinzelte Emma, doch der träumerische Ausdruck in ihren Augen blieb, während sie ihn anschaute. »Hast du mich also tatsächlich in dein Bett bekommen.« Sie schmiegte sich näher an ihn.

»Du tust ja so, als wäre dir das schwer gefallen!«

Emma knabberte an seiner Lippe. »Total schwer.« Sie grinste breit. »Bin ich jetzt auch abgehakt?«

Mario runzelte die Stirn.

»Na, auf deiner Liste!« Emma stupste ihn an.

»Du glaubst doch wohl nicht, dass du mir so einfach davon kommst!« Sein Finger strich sanft über ihre Wange. Dabei konnte man ihr stundenlanges Liebesspiel nicht wirklich einfach nennen.

Emma pustete seine Beule. »Ach, wirklich?« Der Schalk saß ihr bereits im Nacken. »Und was ist mit dir? Nicht nur ich habe hier Missverständnisse wiedergutzumachen.«

»Was meinst du?« Mario ahnte es, aber es konnte ja nicht schaden, nachzufragen. Seine Finger berührten wie zufällig ihre Hand und fuhren über ihren Puls.

»Fangen wir doch mal bei meinen Haaren an.« Emma ließ sich nicht ablenken und schaute ihn fordernd an.

»Was ist mit deinen grandiosen Haaren?« Mario wickelte eine Strähne ihrer roten Haarpracht um seinen Finger.

»Du hast mich damit verspottet!«

Stimmt, mehr als einmal. »Aber jetzt finde ich sie sehr sexy.« Mario kitzelte sie damit.

»Ja, plötzlich!« Emma entzog sich ihm spielerisch. »Wer mir jahrelang gesagt hat, ich sehe wie eine Katastrophe aus, der muss mir erstmal jahrelang das Gegenteil beweisen. Und noch reden wir nur von den Haaren.«

Mario dämmerte, was sie meinte, und stöhnte wissend: »Aber Sweetheart, wenn ich jedes neckische Wort von damals jetzt noch neckischer sagen soll, dann kommen wir nie …«

Mario verstummte. Auf dem Gang waren Stimmen zu hören und das Schloss drehte sich. Oh nein! Gebannt schauten beide zur Tür und Emma versteckte sich hinter Marios Rücken. So fühlte man sich also, wenn man in flagranti erwischt wurde!

»Ich wollte nur mal schauen, ob du noch lebst und–« Diana hielt mitten im Satz inne. Dann strahlte sie über beide Ohren, als sie realisierte, dass sie in Emmas Zimmer ihren Bruder halbnackt vor sich sitzen sah. Die roten Haare hinter seinem Rücken konnten nur zu ihrer besten Freundin gehören.

»Was ist? Geht es ihnen gu–« Philipp war Diana gefolgt, stoppte nun ebenfalls abrupt und grinste breit beim sehr privaten Anblick der beiden, der sich ihm bot.

Eine peinliche Stille folgte, doch Mario sah gar nicht ein, diese Situation irgendwie zu erklären. Er spürte Emmas Haare an seinem Rücken und wurde wieder hart. Ihr warmer Atem quälte ihn süß und sie hatte im Schutz der Decke ihre Hände um seine

Taille geschlungen, die nun seinen Penis packten.

Wenn sie nicht gleich … ach egal! Mario hielt sich nicht an das Protokoll, drehte sich um, griff Emma und drückte sie zurück auf das noch warme Laken.

»Du hast Recht, Sweetheart, ich habe keine Zeit zu verlieren. Ich muss wirklich einiges wiedergutmachen.«

Sofort reagierte Emma auf diesen Mann, nach dem sie sich seit Jahren verzehrte. Eine Nacht hatte bei Weitem nicht ausgereicht, um ihren Hunger nach ihm auch nur ansatzweise zu stillen. Ihre Lippen fanden sich und die Schmetterlinge flatterten wild in Emmas Bauch. Bis sie eine Bewegung aus den Augenwinkeln wahrnahm. »Könntet ihr jetzt bitte wieder gehen? Ja, wir leben beide noch! Zufrieden?«

»Frühstück steht bereit. Mehr wollte ich euch gar nicht sagen.« Damit drehte sich Diana wieder um und zerrte Philipp lächelnd hinter sich her nach draußen.

Sobald die Tür geschlossen war, hielt Mario inne und schaute sie ernst an. Ihr strahlendes Gesicht mit dem rosigem Schimmer, ihre vom Küssen geschwollenen Lippen, ihre leuchtenden Augen.

»Was ist los, Mario?« Emma wusste gar nicht, warum, aber ihr Herz hämmerte wie wild in ihrer

Brust, unsicher, ob dies ein gutes oder ein schlechtes Zeichen war.

»Über eine Sache haben wir in der letzten Nacht noch nicht gesprochen.«

»So?« Emma zog ihre Augenbraue fragend hoch und versuchte sich innerlich auf alles vorzubereiten.

Mario drehte Emma zu sich und schaute ihr eine Ewigkeit in ihre wunderschönen Augen. Ihre Körper waren sich nah und sie spürte die Wärme, die er ausstrahlte: »Es hat einen Grund, warum ich dich jahrelang geärgert habe und mich zum Beispiel über deine fantastischen Haare lustig gemacht habe.« Sofort spielten seine Finger wieder mit besagter Pracht.

Emma schluckte und konzentrierte sich darauf, ruhig weiter zu atmen. Wie sie fühlte, wusste sie. Dass nun der Moment gekommen, es auch von Mario zu erfahren, machte ihr Angst. Schnell legte sie Mario den Zeigefinger auf die Lippen. »Ich weiß, das ist jetzt total blöd. Aber egal, was du gleich sagst, das muss ich davor einfach noch loswerden.« Sie atmete tief durch und wusste, dass ihr diese Nacht schlimmstenfalls für ein Leben bliebe. »Ich liebe dich.« Mit klopfendem Herzen wartete sie ab. Aber Mario rannte weder weg, noch nahm er sie in die Arme. Das war nicht gut. »Hast du mich verstanden? Ich liebe dich, Mario Torriani. Und du musst auch gar nichts dazu sagen. Oder doch, irgendeine Reaktion wäre schon schön. Ich meine, du bist noch hart, also kann es ja nicht so schlimm sein, aber was weiß denn ich, ich bin ja kein Mann, und–«

Marios Lippen brachten Emma sanft zum Verstummen und dann hielt er ihr Gesicht und seine dunkelblauen Augen schauten direkt in ihre. So wie damals lagen so viele Gefühle darin, die nun keiner von ihnen vor dem anderen zurückhielt: »Ich liebe dich auch, Emma Foresta. Und mir tut unglaublich Leid, dass ich all die Jahre Angst davor hatte, dir das zu sagen.« Er lächelte. »Und bevor ich erneut zuviel Zeit verliere, oder mich der Mut verlässt: Willst du mich heiraten?«

Emma grinste breit und begann kichernd Küsse auf Marios Haut zu verteilen. Auf seiner Stirn, seiner Nase, seinen Lippen, seinem Kinn. Dann seiner Wange, seinem Ohr.

»Emma!« Mario grummelte mürrisch. »Ist das ein Ja?«

Emma ließ sich nicht stören und verteilte weiter Küsse. Dann sagte sie zufrieden mit sich: »Das ist natürlich ein Ja. Siehst du?« Mit ihrem Finger wiederholte sie den Weg, den ihre Lippen auf Marios Gesicht hinterlassen hatten. Sie hatte zwei Buchstaben geschrieben: Ein J und ein A.

»Dann warte kurz!« Überraschend sprang Mario aus dem Bett. Emma sah seinem knackigen, nackten Hintern verdutzt hinterher und wurde nicht schlau aus ihm, noch weniger als er nur einen Augenblick später wieder zurück kam.

»Krieg ich jetzt Ärger?«, fragte Emma.

»Darauf kannst du wetten!«, lächelte Mario und griff nach ihrer Hand. Bevor sie etwas sagen konnte, hatte er ihr einen wunderschönen Ring auf den Finger geschoben. »Siehst du, Emma, so verlobt man sich richtig.« Er küsste ihre Hand.

Emma lachte. »Noch nicht ganz.« Abwartend hielt sie ihren Kopf schräg.

»Du wartest auf den zweiten Ring?«

»Oh ja!« Emma lachte und ließ sich von Mario den dazu passenden Herrenring reichen. Sie nahm seine Hand in ihre und schob den Ring auf seinen Finger. »Vergeben«, murmelte sie strahlend und spürte, wie anders und wie richtig sich diese Verlobung anfühlte.

Emma verschränkte überglücklich ihre Finger mit Marios. Ihre Hände zogen einander näher, ihre Lippen berührten sich, ein Kuss entstand und schließlich lag der eine in den Armen des anderen. Sie gehörten zusammen und nun sollten es endlich alle wissen. Nach fünfzehn Jahren wurde es Zeit.

ENDE

Ebenfalls erhältlich:

DAS LETZTE MAL

Johanna May übernimmt ein letztes Mal den Job als Hostess. Sie soll den Milliardär Roman van Bergen ein Wochenende lang bei der Geburtstagsfeier seiner Mutter begleiten. Einfacher als gedacht! Vor allem, wenn man sich in Gegenwart dieses Mannes nach seiner Berührung sehnt und einem an Stellen warm wird, an die man bei normalen Aufträgen nicht einmal denkt. Aber was ist schon normal, wenn Roman van Bergen scheinbar sowieso nach seinen eigenen Regeln spielt?

Kurzroman, ca. 60 Seiten, 2,79 €
Nur als eBook erhältlich!

Ebenfalls erhältlich:

LOVELY DANCING – FOLGE DEINEM HERZEN!

Seit Sophie Baumann in einer renommierten Berliner Kanzlei für Markenrecht arbeitet, ist sie wie alle anderen Kolleginnen in den gut aussehenden Star-Juristen Jan Lange verknallt. Doch wie kommt man so einem Halbgott näher? Erst als Jan an einem Ball teilnehmen soll, wittert Sophie ihre Chance und ergreift sie. Sie beschließt, ihm das Tanzen beizubringen. Doch Schritt für Schritt gerät plötzlich ihr Leben gehörig aus dem Takt und dieser Frühling wird heißer als sie es sich je erträumt hätte ...

Kurzroman, ca. 76 Seiten, 2,79 €
Nur als eBook erhältlich!

2670748R00118

Printed in Germany
by Amazon Distribution
GmbH, Leipzig